中公文庫

バン・マリーへの手紙

堀江敏幸

目次

バン・マリーへの手紙

牛乳は嚙んで飲むものである

私が幼稚園でお世話になったA先生は、あのときいくつくらいだったのだろう。髪をいわゆるパーマ屋さんで光沢が出るくらい念入りに整え、紺のスカートに白いブラウスといった、鄙にはまれな、まことに清潔な感じの、ちょっとばかりつんとしたところもあってとっつきにくいもののたいへんに美しい女性だったのだが、年齢がどうにも読めなかった。四つ五つの子どもには、二十代なかばともなればもうはるか彼方、母親ほどではないにせよじゅうぶんすぎるほど年上に見えるし、当時まわりにいた大人の女性たちは、たいてい田舎で手に入る国産ファンデーションの、いくらかダマになったようなにおいをまとわりつかせていて、それを感知したとたん、だれもがみんなおなじくらいの年かさに見えてしまうのだった。

彼女が他の先生とちがっていたのは、給食の牛乳について一家言を持っていたことで、教室でなにを習ったのかきれいさっぱり忘れてしまったいまでも、それだけは頭にしっかり刻まれている。すこし骨張った顎を突き出して、しかも目だけは低い机にへばりついている小鬼たちにむけ、牛乳を飲まない子はけっして大きくなれません、牛のミルクにはカルシウムという栄養がたくさん入っていて、これがみんなの骨を育てます、と彼女は説明し、牛乳はなまぬるい状態で、つまり、雌牛が仔牛に与えるくらいの温度で飲まなければ味がわかりませんよ、と最後にかならずそう言い添えるのだった。

彼女の思想がもっとも美しく実践されたのは、冬である。寒いときに冷たい牛乳を飲むのはお腹にも悪いし身体が冷えるというので、石油ストーヴのうえにのせた湿度保全のための銅メッキのたらいのなかにもうひとつ水を張った鍋を入れて二重底にし、そこに通常の半分のサイズのちびっこい牛乳瓶を、口のところについている青や紫のビニールだけとってずらりとならべる。たらいのお湯に直接入れると熱くなりすぎて飲めないから、こうやってあいだにひとつちいさなプールをつくってあげるのよ、そうすると熱すぎもしないし冷たすぎもしない、春夏とおなじような、自然なあたたかさの牛乳が飲めるでしょう？　そんなふうに彼女は言って、給食のときには先生用の机に置いたアルミのプレートからしずかに牛乳瓶をとりあげ、小指を立ててゆっくり中身を流し込むと、こんどは口を閉じた状態であたかもそれが固体であるかのように二度三度「咀嚼」してから、無声映画の女優さながら音も立てずに飲むのである。

牛乳は、嚙んで飲むものよ。いったいどこで習ったのか、彼女は給食のたびにそう繰り返して、子どもたちがごくごく飲み干してしまわないよう監視し、唇のまわりの薄い産毛についた牛乳の膜を、それよりも白いハンカチでぽんぽんとはたいて吸い取り、しかるのちに笑みを浮かべて、ああ、やっぱり牛乳はこのくらいのほうがあまくておいしいわね、ユセンにしないと出てこない味なのよ、と言うのだった。

子どもの耳にもなぜか印象深く入り込んだこのユセンという言葉が、どうやらL字型に煙突をのばしている石油ストーブのうえでおこなう先生独特のあたため方を意味するらしいことは理解できたのだが、後年、その音を湯煎の二文字に対応させて、「鍋を二重にして内側のほうに材料を入れ、外側の鍋に水を入れて間接的に加熱すること」という定義を知ったとき、牛乳瓶は材料ではないし、内側の鍋にもさらに水が張られているのだから、厳密に言えば湯煎ではなく一種のお燗だったと気づいた。けれども、気づけば気づいたでまた、まわりの人々に同種の経験があるかどうかたしかめてみたくなり、学生時代のある晩、酒席の与太話ついでに、先の牛乳にまつわる思い出を披露してみたところ、アルミの弁当箱をスチームのうえであたためたことはあっても、さすがに牛乳はないなあという意見が大勢を占めた。さらには、私が幼稚園の先生の影響をいい年になるまで引きずっていて、いまだなまぬるい牛乳に執着していることに心底呆れたふうの友人のひとりが、だからおまえはいつも白黒をつけずに平気でいられるんだな、煮え切らないのがいちばんよくない、きりっと冷えてるか、湯気がほくほく立ったホットにするか、どちらかに決められないようなやつはろくな人間にならないと、酒まじりとは思えない真剣さで説教をはじめたのである。

自分自身の行動や性格を冷静に判断すれば、友人の指摘はまことにそのとおりだったし、たかだか牛乳の飲み方ごときで言い争う必要もなかったから反論もしなかったけれど、なんだかしっくりしない思いが胸に残った。たぶん、子どもの好奇心を刺激したのが、なまあたたかい牛乳そのものであると同時に、直接鍋に入れて火にかけないという、お湯の緩衝地帯をもうけるあの石油ストーヴ上で公開された秘蹟でもあったからだろう。外側のたらいにはぶくぶく気泡がわきあがっていかにも熱そうなのに、まんなかに沈められた小鍋の水は湯気を立てるか立てないかの微妙な温度を保ち、牛乳瓶らにやさしい半身浴の機会を提供していた。あんなふうに、なにかの生成過程でワンクッション置いてみるという発想はなかなかできないもので、いつのまにか私は、そこにきちんとした思考の跡を見たいと考えるようになっていった。

ところで、給食の冷たい牛乳を子どもたちの口にあうようあたたかくあまい飲みものに変容させてくれた湯煎のことを、もしくは湯煎鍋じたいのことを、フランス語で「バン・マリー」bain-marie という。浴槽、お風呂を意味する「バン」はごく基本的な単語だから、初級文法の例文を読んでいるとき仏和辞典で引いたのだと思うが、その下につづいている単語のなかに、高貴にも卑賤にもなる女性名「マリー」と「浴槽」のむすびついた事例を見出し、さらにその定義を読んでおおいに感動したことをよく覚えている。料理に詳しいひとならなんでもない単語でも、漢字二文字の言葉しか知らなかった私には、この複合名詞のありようじたいが驚きだったのだ。白水社の『フランス食の事典』の表記にしたがえば音引きにはならないのだが、その定義を以下に引いておこう。

鍋で湯を沸かし、中に小さな鍋を浮かべてゆるやかな温度で調理したり、ソースやポタージュを保温したりすること。この技術を考案した一四世紀ごろはマリア信仰が盛んで、そのやさしさを bain「浴、風呂」に例えて「マリアの風呂＝湯で加熱すること」としたのがバン・マリの語源であるとされるが、ラテン語 balneum maris「海水浴」であるという説もある。数百度になる直火や鉄板レンジでは火力が強すぎてしまうスクランブルエッグやブール・ブランなどの調理に用いる。

湯煎が調理法であると同時に保温にも便利な器具であることは、電子レンジが苦手なわが家の台所で蒸し器とならんで頼りにしているのがこのバン・マリーである事実からもあきらかだし、ホテルのセルフサービスの朝食では配膳台に電気仕掛けの大型湯煎保温器がでんと置かれていることもあるので、道具としてはけっして古びていない。ただし、一九五二年、フランスでもようやく本格的な家電の波が押し寄せて来たころに刊行された『家事辞典』(フラマリオン社)に紹介されている「バン・マリー」の項目には、モノクロのちいさな写真が添えられ、「内側の鍋のほうが外側よりも深く、お湯がなかに入らないよう工夫されている」との指摘がなされたのち、「通常、一般家庭の台所にこうした湯煎鍋は見当たらない。とくにプロが使うものだからである。しかし、みながばらばらな時間に食事をとらなければならなかったり、あたたかい料理を出すことに毎日頭を悩ませている家庭では有用である」とあり、わが家のやり方が半世紀まえの保温、再加熱法からいまだ進歩していないと判明してさすがに情けなかった。

とはいえ、問題は湯煎のなんたるかではなく、語源のほうだ。右の事典の懇切な説明にもかかわらず、なぜバン・マリーと呼ばれるようになったかについては諸説あって、たとえば『プチ・ロベール』には、「モーセの姉ミリアムに由来する」とされているのに対し、『小学館ロベール仏和大辞典』は、化学用語としてのバン・マリーの項で、この名称が「伝説上の錬金術師 Marie-la-Juive（ユダヤ人・マリー）」に由来するとし、「モーセの妹 Miriam と同一視されることがある。後に聖母マリアと混同されたこともある」との但し書きをつけている。

ミリアムはモーセの妹ではなく姉だろうけれど、いずれにせよ彼女は巫女のような扱いを受けているから錬金術師へと連想が飛ぶのも首肯できるし、物質を意のままに、そしてゆるやかに変成させる術と調理の現場とのむすびつきにも無理がない。チョコレートやバターを溶かすとき、内鍋を両の手でつつみ込むように間接的にあたためていくさまは、なるほどマリアさまのやわらかさ、やさしさを想起させるかもしれない。直接火にかけないことで逆に芯まで火をとおしうるこの調理法の時間のながさは、錬金術の緊張感をも引き寄せる。それと相反するようだが、とろんとして攻撃的なところがいっさいないどこか人肌に似た感覚は、マリア信仰にも私たちを近づけるだろう。バン・マリーこと湯煎の実際を脳裡に浮かべてみると、私にはどのいわれも正しく、そしてこの混乱ぶりが、少なくともマリー＝マリアの名に支えられた浴槽の性質をあらわしているように思われる。

ただしこれらはみなあとづけの知識であって、話をまた牛乳の適温をめぐる議論に戻せば、ホットミルクにするのかアイスミルクにするのか態度を鮮明にしろと二者択一を迫った友人の言葉に違和感を覚えたのは、それがどうやら重度の視野狭窄に見舞われつつあった時代の雰囲気を代弁しているようにも受けとりえたからだ。白黒がつけられないのではなく、白黒をつけない複眼的な思考に共感していた、そしていまでも共感している私には、マリアの力を借りた湯煎に相当する中間地帯を設けることと表面的な優柔不断は、あくまでべつものだったのである。

そこで思い出されるのが、当時話題になったフランシス・フォード・コッポラの映画のタイトルにつられて『新約聖書』の「ヨハネの默示錄」を読んでいたときに出会った、つぎのような一節だ。

アァメンたる者、忠實なる眞《まこと》なる證人、神の造り給ふものの本源たる者かく言ふ、われ汝の行爲《おこなひ》を知る、なんぢは冷《ひや》かにもあらず熱きにもあらず、我は寧ろ汝が冷かならんか、熱からんかを願ふ。かく熱きにもあらず、冷かにもあらず、ただ微溫《ぬるき》が故に、我なんぢを我が口より吐出《はきいだ》さん。（日本聖書協会・文語版、第三章）

衝撃を受けたのは、もちろん最後の一文である。冷たいか熱いか、どちらかに態度を決定しない微温状態でいるような輩は口から吐き出してやると、おそれ多くも神さまがそうおっしゃるのだ。友人が聖書を読み込んで「黙示録」をさりげなく引いていたとはとても考えられないが、ともかく神が宣うのであれば、わが幼稚園のA先生が子どもたちのためばかりでなく自身の幸せのために示してくださったあのなまあたたかい湯煎による「微温」状態の牛乳は、みごと吐き出されてしまうのだろう。要するに、牛乳はたんなる飲料ではなく、行為そのものなのである。そして、行為としては、よけいなものを表に出さない戦闘的な微温状態なのだ。

もちろん先の引用は、「なんぢ、我は富めり、豊なり、乏《とも》しき所なしと言ひて、己が悩める者・憐むべき者・貧しき者・盲目《めしひ》なる者・裸なる者たるを知らざれば、我なんぢに勧む、なんぢ我より火にて煉《ね》りたる金を買ひて富め、白き衣を買ひて身に纏《まと》ひ、なんぢの裸體《はだか》の恥を露さざれ、眼薬《めぐすり》を買ひて汝の目に塗り、見ることを得よ。凡てわが愛する者は、我これを戒め、之を懲《こら》す。この故に、なんぢ勵みて悔改めよ」とつづいていくから、冷たい・熱いの二分法はたとえ話にすぎない。だが、あの酒の席での私には、そういうたとえ方じたいが気にくわなかったのだ。熱いものが冷めてぬるくなったのではなく、はじめは冷たかったものに熱を与えてそこまで温度をあげていくことがだれの目から見ても積極的な行為であることはあきらかだし、微温状態の維持だってかならずしも容易なことではないのだから。

牛乳は、噛んで飲むものよ、とA先生が笑みを浮かべて子どもたちに語ったのは、はるかに遠い昭和四十年代の話だ。その言葉には、彼女が育った時代や家庭環境が当然反映されていただろう。しかし冷たい牛乳を口腔でしばらく包み、なまぬるくしてやるというあのふしぎな飲み方は、石油ストーヴのたらいの内側にもうひとつ鍋を浮かべる方法以上に理想的な湯煎であり、バン・マリーの応用ではなかったろうか。道具のあるなしにかかわらず、ミルクパンに入れて直火であたためる方法を採らないところに、私はある種の啓示を見る。情報の分析や技術の習得のように白黒が明瞭になるものですら、肝心かなめのところには零と一の組み合わせではない湯煎的な一帯を設けるべきだと思うからだ。手に入れた材料を、言葉を、体験を、レンジフードの換気を最大にしてがんがん火であぶり、炒めるような真似だけはしないで、火加減に気を配りながら湯煎にかけること。錬金術師の弟子でも敬虔な信者でもないとの自覚を持ちつつ、マリーのご加護を祈って時を過ごすこと。

ここで重要なのは、バン・マリーを通過したかどうかを、外に見せてはならないという点だ。意志的な、積極的な行為であることはたしかでも、そこに浸されていた時間が、あたたかさが、変化の過程が原則として不可視のままになり、生まれ出てきた結果を見ないかぎりなにもわからなくなるような装置を身体のなかにつくってやらなければならない。そのために、慈悲に満ちあふれたマリーの浴槽を調理の枠から引き出し、錬金術のものものしさをも取り払って、すべての事象に適用可能な、無色透明の濾過層としての役割を与えてみたいのである。それがあまりに抽象的だと言うなら、バン・マリーという名の、たとえば牛乳を小指を立てて飲むような女性を想像してもいい。彼女なら、「かく熱きにもあらず、冷かにもあらず、ただ微温が故に、我なんぢを我が口より吐出さん」などと切り捨てたりせず、私の思いあがりをやさしくただし、欠けた部分をおだやかに補ってくれるだろう。まだ見ぬ聖女バン・マリーにむけた手紙のように、これから日々の愚考を湯煎にかけていくことにしたい。

五千年後の健康飲料

先日、ほぼ三十年ぶりに、フランクリン・シャフナー監督による『猿の惑星』（一九六八）を観た。これで三度目のことになる。

一度目は小学校四年生のときのテレビ洋画劇場で、二度目はそのおなじ年、シリーズ最後の作品となった『最後の猿の惑星』劇場公開にあたってリバイバル上映された、郷里の映画館のオールナイトで。当時の地方都市に暮らすそのくらいの年齢の子どもにとっては、夜中の十二時をすぎてから映画館に行き、しかも二本立てを観るなんて、想像を絶する体験だった。もちろんそのときは、まちがいなく酒の勢いでだろう、ふだん映画になど興味を示さないのにどうしても観たいからいっしょに来いと命じる父親に連れられてしかたなくつきあっただけなのだが、お子さんにオールナイト上映は禁じられてますと渋る映画館の映写技師兼もぎり兼支配人は、親が同伴なのになにが悪いとすごむ父親のひとことに、驚くなかれ、あっさり引いてしまった。それどころか、もう白い布がかけられて終業している売店をわざわざ開けて、みずから少し固くなったミルクパンと珈琲牛乳まで売ってくれたのである。

館内には十数人の客がいた。子どもは当然ひとりだけだったが、あやしげな男女が二組ほど両端の席に陣取っていて、その一方の、やや化粧の濃すぎる中年女性からただよってくる強烈な香水のにおいに、ほんのりあまいミルクパンの味がだいなしにされそうだった。それは胸くそが悪くなるというより、吸い込んだとたん鼻の穴から一直線に胃のもっとも弱った部分に落ちてきて突き刺さるような臭気で、思わず鼻をつまんだ息子に気づいた父親は、あれはにおい袋のにおいだと教えてくれた。におい袋とはいったいなんなのか、それをあらためて聞こうとしているうち幕が開いて映画がはじまり、たちまちその世界に引き込まれた私は、忌まわしいお香のことなど忘れて、ただでさえふつうではない時間が濃縮された深夜の映画館のなかで、まさに冷凍睡眠から目覚めたときのようなふわふわとした感覚に浸っていった。

地球時間で七百年にあたるという旅をなしとげるべく四人の飛行士が宇宙船に乗り込み、冷凍睡眠装置に横たわる。ところがなんらかの故障が発生して船は未知の惑星の湖に着水し、そこでちょうど睡眠タイマーが切れて彼らは順次目を覚ましていくのだが、たったひとり、未来のイヴになるはずの女性乗組員だけは、カプセルの気密に異常があったらしく、時間の理論を裏づけるようにミイラ化していた。驚くまもなく損傷箇所から浸水がはじまり、残りの三人はわずかな食料と工具類をかついで、大気の検査もろくにしないまま救命ボートで外へ飛び出す。広大な峡谷と乾いた砂漠地帯のむこうで彼らを待ち受けていたのは、人間を害獣として捕獲している猿たちの文明だった。

少年時代、あれほど純粋におそろしかった物語のなかを、現在の私はところどころ引っかかりながらさまよい歩く。チャールトン・ヘストン扮するテイラー船長がチンパンジー学者のジーラ博士と意思の疎通をはかる手段として、「英語」による筆記が選択されているのは、その言語しか残っていないであろうとの前提に立つ脚本の傲慢でも不自然でもなく——なにしろ原作者はフランス人なのだ——、あの猿たちの棲息地域の、遠いむかしの使用言語が英語だったと考えれば筋がとおるし、ラストシーンを支えている大道具は、初公開から三十年経った地球を見わたしてみるかぎり、まさに自己破壊の象徴として過激なまでに予言的だったとも言える。結局、いちばん幸せだったのは、コールドスリープに失敗した女性乗組員だったのではないか。そして、そんな雑念とともに、私はまったくべつの時代の、べつの情景を思い出していた。

二〇〇三年冬、ある雑誌の誘いで、私はイタリア各地の、いまだ職人気質を失わないさまざまな工房を訪ねて旅の記録を残す、というもの好きな仕事を引き受けた。香水、万年筆、パイプのような小物から、スピーカー、レース用自転車、グランドピアノといった大物まで、一家言ある工房の主人たちにあれこれと話を聞いてまわったのだが、最初に訪れたフィレンツェの、銀座にも支店があるらしい由緒ある香水専門店で、取材班一同は、何世紀もまえから変わらない製法で調合されたトスカーナ地方のポプリの小袋を記念の品に頂戴した。なんという濃密な香り。箱と包み紙とビニール袋を重ねてもそのにおいは障害を苦もなく突き破ってひろがり、念を入れてさらに何重かにポリ袋で包んでおいたにもかかわらず、トランクいっぱいに染み込んでいく。はじめはこんなものかと感心していたのだが、旅が進むにつれて、重みなどないはずのにおいがだんだん重荷になってきた。お店の好意にはもとるけれど、そろそろどこかで処分を考えなければ、身体じゅうこの複雑な芳香に絡め取られてしまうだろう。

そんな不安を抱えたままやってきたのが、スイス、オーストリアとの国境地帯にある山あいの小都市、ボルツァーノだった。ローマ空港から乗り込んだちいさな双発プロペラ機での、晴れわたった午後のフライトはいまも忘れられない。ジェットに近い速度としずけさを謳い文句にしているとおりじつに快適な旅で、空路が完全にアルプスの山中だから、どこまでものびる雲海、その切れ目からあらわれる長大な山脈の威容が筆舌につくしがたく、数日まえの天気予報で零下二十度なんて数字が出ていたこともあって私はほとんど冷凍睡眠状態を予想していたのだが、峻険な崖のあいだにある短い滑走路に機首をむけるための数度にわたる急旋回の、その進入角度の大きさに胸が高鳴って、眠るどころの騒ぎではなかった。

密閉されたトランクからこぼれだしたポプリの香をまといながら私たちがむかったのは、ボルツァーノの町に根を下ろして数世紀になるという土地の有力者が所有する、外観は古いけれど客室はデザイナーや芸術家がひとり一室内装を担当した宇宙船みたいなホテルで、投宿先がすなわち取材の対象だった。しかしそこは私の任務外であったため、到着後の支配人との打ち合わせに同席しただけで翌日の仕事は免除となり、ぽっかりと休みができたのを幸い、朝も目覚ましなしで惰眠をむさぼっていると、前日の打ち合わせで飲みものを出してあれこれ世話を焼いてくれたフロントの女性から電話がかかってきた。

他のみなさんはとうに食事を済ませて支配人のところへ出かけたのに、あなただけ休んでいていいのかと心配になって、と言う。起き抜けに理解できる英語はそのあたりまで、あとは何語を話しているのかもわからないありさまだったから、フランス語を話せるかと尋ねてみると、うーん、と彼女は声を落とし、むかしは勉強したけれど、ボルツァーノはイタリア語とドイツ語の町だし、わたしはドイツ人だからここで働くために必死でイタリア語を勉強してきたので、すっかり錆びついてしまったわ、でもやってみましょう、と完璧なフランス語で答えてくれる。ホテルの取材は雑誌編集者の管轄で、フリーの立場の私は休暇になっている旨を説明し、心配してくれた彼女の好意に礼を述べることができたのをきっかけにしばらく話をしているうち、ふと思いついて、お願いがあるんです、と私は切り出した。取材先でもらったポプリの香りが、自分にはどうも強烈にすぎてありがたみがないんです、高級な品であることはまちがいないので、もしよかったら、もらっていただけませんか、と頼んでみたのだ。そうね、じゃあ、ちょっと、見せていただこうかしら、といちおう乗り気になってくれたので、散歩の用意をしてからフロントに寄り、苦しみの元凶となっているポプリのきれいな包みを、放射性物質でも抱えているみたいな慎重さで彼女にそろりと手渡した。

丁寧にシールをはがしてなかの青い袋を取りだすと、彼女は険しい岩肌に立つ真っ白な十字架のように筋のとおった鼻先でくんくんとにおいを嗅ぎ、うん、いい香り、だと思う、フロントに飾っておくのも悪くないけれど、わたしのアパートの浴槽に置いてみます、うん、それがいいわね、と笑顔で受け取ってくれたのだが、私はその「浴槽」の一語にくらくらしてしまった。フランス語は忘れたとふくよかな胸を張る彼女が、浴室というつもりで浴槽と言いまちがえた可能性は否定できない。しかし、私はその差異を確認することを控えた。どちらにしても、服を着たままそこにいるはずはないし、いったん頭に浮かんだまばゆい映像はもはやうち消しがたい。美しい女性の「浴槽」に置いてもらえるならポプリも本望だろう。そして、なんだか香を焚きしめた風呂に身を浸したあとみたいにふぬけた顔で、この町でなにか観ておくべきお薦めのものはありませんかと尋ねた私に、彼女はあいかわらずやさしい笑顔で応えた。

「アイスマンね、考古学博物館に眠っているアイスマンは、ぜひ見ておくべきです」

なんということだろう。それはあの、オーストリアはチロル州の州都、インスブルック近くの山中で一九九一年に発見された、紀元前三三〇〇年、すなわち約五千年まえの狩人のミイラのことだったのだ。彼の存在は、以前、なにかの報道番組で観たことがあるし、ひととおりの学術調査が終了したことも聞き知っていたのだが、スイス、イタリア、オーストリアの協同調査で見つかったミイラの所有権がどこにあって、今後どこで保存するのかは、その段階では確定していなかった。それが、発掘完了十周年の記念事業として華々しくオープンした博物館に展示されていたのである。

館内はしかし、オールナイトの映画館さながらにひと影まばらで、ずいぶん寒かった。説明書がドイツ語とイタリア語だったためフランス語のオーディオガイドを借りて順路をたどる。アイスマンの展示がもちろん目玉ではあるけれど、その前段階として青銅器時代までのこの地方の暮らしぶりも懇切に説明されていた。すべてを追っていたら二時間以上かかるだろう。しかたなく、私はホテルのフロント嬢が薦めてくれたアイスマンのコーナーのみに照準を合わせた。

春先、アルプス山中でトレッキングをたのしんでいたあるドイツ人夫婦が、ミイラ化した人間の「遺体」を発見する。遭難者が雪に埋もれたまま息絶え、冷凍保存状態で発見される事例もしばしばある地方だから、彼らはその遺体がいつのものかなどと考えもせず、ただちに救難部隊に連絡をとった。ほどなくヘリコプターで法医学者たちがやってきて、なかば氷に閉じこめられているその遺体の周辺を丁寧に調べてみると、近くに斧らしい道具が落ちている。これはどうもおかしいと研究所に持ち帰り、炭素同位体による検査をしてみたところ、遺体は遺体でも、五千年まえのものだと判明した。

だが真に驚くべきは、身長一六〇センチほどのこの古代人が身につけていた備品の、完成度の高さだった。一年間を要したそのぜんたいの発掘作業によって、男は山越えの最中に弓をなくすか壊すかしたため、ひと休みしてあたらしい矢を作っていたことがわかってきた。製作途中の矢が数本、壊れた矢も数本、そして身長より三〇センチほどながい弓の柄が発見されたからである。そればかりではない。高山越えに必要な装備を、彼はほぼ完璧に身につけていた。頭には熊の毛皮でできたトック帽をかぶり、革紐がぶらさがっていて顎の下で結べるようになっていた。日本ふうにいえば皮のふんどしをしていて、前は風よけとしてだらりとさげられていたらしい。なめし革をついだズボン型のストッキングと麻縄を編んだサンダルで脚を保護し、藁でこしらえたマントを羽織って腰にはやはり革製のウエストポーチを巻き、そのポーチにはいくつもの袋が収納されて、火打ち石、矢尻にする石器、備蓄用の穀物が入っていた。矢尻の石が、発見場所から遠く離れた区域でしかとれない種類であることものちの調査で確定された。博物館には、そのすべてが、みごとに展示されていたのである。

男は単独で山中に入り、なにをしていたのか。どこから来て、どこへ向かおうとしていたのか。謎は多いものの、当時はきわめて貴重だった熊の毛皮を身につけていたことや、斧の先が銅製の刃であったことなどから、地位の高い人物だったと推定されている。ただの狩人ではなく、シャーマンだったのだろうか。いずれにせよ、矢尻のようなものを除いて、身につけているものをぜんぶ自分の手でつくっていたとは考えにくい。彼が属していた共同体のなかにはそれぞれの道具の製作者が、つまり職人がいたはずで、機能に徹したデザインと仕あげのたしかさから見て、どれをとってもこれが当代一級のクラフトマンのなせる技であることはまちがいなかった。彼らは命を守るために必要な道具を、祈りをこめて作製していたのだろう。

私はそれを見て、複雑な想いにとらわれていた。というのも、取材をした工房は、どれもこれもすばらしいものではあったけれど、生まれた土地の気候や地形をなだめたりそれらに裏切られたりしながら、ひとが命を維持していくために考え抜いた品をほんとうの「もの」だとするなら、その域に達していたのは現代人ではなく、五千年まえの氷男と彼のまわりにいた人々のほうだったからである。

肝心のアイスマン本人は、これ以上衰える心配のない身体を零下二十度だかに保たれたちいさなガラスの覗き窓のある冷凍庫の、ベッドというよりは居心地のいい浴室にも見える空間に横たえていた。その表情が生命維持装置の故障で同僚とおなじ未来を目撃できなかった『猿の惑星』の女性乗組員の顔に似ていたのは、皮肉なのか幸運なのか。冷凍保存庫には、なんの匂いもない。そして、あのポプリはホテルの女性にではなく、彼にあげてもよかったのかもしれない、と想いながら出口を抜けて行きあたった禁忌の売店には、チャールトン・ヘストンを絶望させた光景に匹敵する衝撃が待ち受けていた。そこにはさまざまなアイスマン・グッズがならんでいて、「ザ・リアル・アイスマン・ドリンク」なんぞという摩訶不思議な缶入り健康飲料まで売られていたのである。商売なのだから当然だと頭では理解していても、その出来が生死を分けるほどの工芸品を見せられたあとではいかにも興ざめで、五千年まえのミイラがコールドスリープの末にやってきた世界は、どう考えても虚構であるはずの映画を超えているように思われないのだった。

火事と沈黙

人家が焼け落ちるのを、間近で見ていたことがある。小学校からの帰り、いつもはがらんとしている一画にたいへんなひとだかりができていて、なにごとかと思ってふだんは寄り道にすら数えたことのない湿っぽい路地の奥を背伸びして見てみたら、長屋ではないけれど間口の狭い二階建ての櫛比《しっぴ》しているあたりにもうもうと煙がふきあがり、うち一軒の二階の窓から煙といっしょに、濃い、としか言いようのない橙色の炎が吹き出していた。蔭になっている路地の反対側の市道に停められた消防車から白い土管みたいなホースが引かれて、消防士がふたり、絵本に描かれているとおりの模範的な姿勢で水をどんどんかけていくのだが、炎はそれをものともせずばちばちめりめりと音をたてて舞いあがり、火勢からして隣家に延焼しないでいることのほうがむしろ信じられないほどだった。

まったくやりきれんねえ。野次馬という呼び方が不似合いなくらい真剣な顔で、すぐわきのおじさんが溜息まじりにつぶやく。あそこは去年改築したばかりだったのになあ、命が助かっただけでもよしとするほかなかろうが、それにしたって苦労して建てた家だのに。大人たちはまだ消されてもいない火事をまえにはやすぎるお悔やみを言いながら、しかしそれきり無言のまま為す術もなくいちように首をもたげ、キャンプファイヤーや薪や花火をまえにしたときにすら見せない無防備な顔で炎の行方を追っていた。犠牲者はいないとわかってひとまず安堵したものの、彼らのてらてらした顔の輝きに私は忌まわしいなにかを感じて、それが澱のようにながく胸に残った。

いったい、あんなふうに火事を見ているときのぽかんと魂が抜けたような表情は、どこから湧いてくるものなのだろう。ひとがなにかを見つめるときの顔つきは、その対象によってさまざまに変わる。山の緑を、絵画を、異性の裸体を、空を、海を見ているひとの頬の張りや瞳の輝きは、千変万化して折々の緊張や弛緩の質も同一でないことはだれもが知っているはずだが、火事の現場に居合わせた人々の顔には、なにかしらふつうではない、どこかほんとうに深い闇から引きあげられたものが宿っているように思う。身を守るため、暖をとるため、調理をするため、鉄を打つため、陶器を焼くため、あるいは亡骸を葬るため。そういう目的や意味のある火ではなくて、とつぜんやってくる暴力のように、愛する存在を根こそぎ持ち去っていく火だからなのか。山火事にまでは至らなかった中規模のぼやに遭遇したこともあったけれど、それは自然のなかで自然に発火した火の自然な消滅というにすぎず、ひとが蓄積してきた時間とものを焼き払うのとはまたべつの話だった。人為をほろぼす炎をまえにすると、ひとは原初の恐怖ともちがうなにかを感じ取るのかもしれない。

古い火事の記憶などを持ち出したのは、先日、桐生の大川美術館の企画展でベン・シャーンのリトグラフを堪能してきたからである。画廊での数点というのではなく、美術館でベン・シャーンの作品をまとめて目にするのは、じつは今回がはじめての経験だった。一九九一年に大がかりな回顧展が開かれ、福島県立美術館を中心に各地を巡回していたらしいのだが、不幸にもこのとき私は国外にいて立ち会うことができず、その後もなぜか、古書店で買い求めたCBSテレビ版『ハムレット』の台本挿画や、『洋梨の木のヤマウズラ』など数冊の絵本、それから学生時代に古書店で買った一九七〇年の、東京国立近代美術館で開かれた回顧展のカタログを繰り返し眺めるだけで我慢していた。あまり好もしい表現ではないとはいえ、シャーンの代名詞みたいに言われる社会派のレッテルが張られそうな極彩色の絵の主題にかつてはやや腰が退けていたし、大川美術館常設展示の目玉でもある松本竣介の作品でもそうだが、ある種の主義に傾きかけていると外から判断されがちな絵とのつきあいには、そういう知識を除いてもなお好きだと恥ずかしげもなく言えるまでになかなか時間がかかるものだ。社会諷刺や政治批判の図はそのとおりだとしても、うまく説明できないまま、私はシャーンの線に惹かれてしまったのである。まっすぐなようでいてまっすぐでない、おなじタッチのようで微妙にずれている線の饗宴。「スイミングプール」と題されたテンペラ画のフェンスと飛び込み台と監視台の関係、「テレビアンテナ」に描かれた、たがいに言葉をかわしあっているようなアンテナたちの、交わりそうで交わらない存在のすき間、「天国と地獄の結婚」に散り敷かれた四角形の変奏、「リュート」をいろどる数本の、かすかにふるえる弦のまわりの空気。「スーパーマーケット」や「小麦畑」の垂直線と余白のバランスはそれだけで軽やかな音楽であり、突きつめて言えば、そこに描かれているのは風景でも抽象でもなくて画家のとらえた人間の姿だとも感じられた。

ところで、一九七〇年の図録のほぼ巻末に近い頁に、一九六八年、つまり亡くなる前年に発表された全二十四枚のリトグラフ集『一行の詩のためには』が、一頁六枚の縮約モノクロ版で収められている。この作品の色刷りは、先の、一九九一年の展覧会の図録に収録されており、一頁四枚のレイアウトだからある程度の質感は推測できるのだが、私はこれを四五・三×五七・三センチの原寸、原色で見たいと念じつづけてきた。

リルケの『マルテの手記』の一節に触発されたこの連作のタイトルや解題には、従来、名訳として定評のある大山定一訳が採用されており、いちばんあたらしい大川美術館の展示キャプションにも、小冊子ふうの愛らしい図録にも、おなじ訳文が使われている。しかしシャーンの図録を買った当時、望月市恵のすこしゆるい日本語訳を愛読していたこともあって、大山訳の歯切れのよさについていけなかった。そもそも通しタイトルからして、望月訳では「一行の詩をつくるのには」とやや冗長な言いまわしになっており、リトグラフ集をとりまとめる言葉にこれを採用するのはたしかに辛いなと感じつつも、大山訳にかすかな違和を感じないではなかったのである。告白すれば、私にはいまだに大山訳の該当箇所に頻出する、「ねばならぬ」というつよい言い切りを受け入れるだけの心の余裕がない。したがって、以下、引用は望月市恵訳（岩波文庫）に依拠することとしたい。

一行の詩をつくるためには、ながい年月がかかる。「詩は一般に信じられているように、感情ではない」とマルテはいきなり本質を突く。「（感情はどんなに若くても持つことができよう。）しかし、詩は感情ではなくて――経験である」。ならば、その経験として生まれ出る一行の詩のために、詩人たる者はなにをなすべきなのか。そこで列挙されている事柄のひとつひとつにあわせて、画家は絵筆をとった。

一行の詩をつくるのには、さまざまな町を、人を、物を見ていなくてはならない。動物の心を知り、鳥の飛ぶさまを感じ、小さな花が朝《あした》に開く姿をきわめなくてはならない。知らない土地の野路、思いがけない邂逅、虫が知らせた別離、——まだ明らかにされていない幼年のころ、そして、両親のことを。幼かった僕たちを喜ばせようとして与えた玩具が僕たちを喜ばせなくて(他の子供が喜びそうな玩具であったから——)、気色をそんじた両親のこと、妙な気分で始まって、何回も深い大きな変化をとげさせる幼い日の病気、そして、静かな寂とした部屋の日々、海辺の朝、そして、海、あの海この海、また、天空高く馳せすぎ星とともに流れ去った旅の夜々を思い出さなくてはならない、——それを思い出すだけでは十分ではない。夜ごとに相《すがた》のちがう愛欲の夜、陣痛の女の叫び、肉体が再びとじ合わさるのを待ちながら深い眠りをつづけているほっそりとした白衣の産婦、これについても思い出を持たなければならない。また、臨終の者の枕辺にも坐したことがなくてはならない。窓をあけはなち、つき出すような嗚咽の聞こえる部屋で死者のそばに坐した経験がなくてはならない。しかし、思い出を持つだけでは十分ではない。思い出が多くなったら、それを忘れることができなければならない。再び思い出がよみがえるまで気長に静かに待つ辛抱がなくてはならない。思い出だけでは十分ではないからである。思い出が僕たちのなかで血となり、眼差となり、表情となり、名前を失い、僕たちと区別がなくなったときに、恵まれたまれな瞬間に、一行の詩の最初の言葉が思い出のなかに燦然と現われ浮かび上がるのである。

これから書かれる手記がマルテ自身にとって「詩」に到達するためのきびしい準備期間であることを示し、さらに、それが永遠に到達できない領域にあることをも同時に暗示するおそろしい一節だ。一九二四年から二五年まで、そしていったんアメリカに帰国したのちの、一九二七年から二九年までパリを中心にヨーロッパで暮らし、模索の日々を送ったベン・シャーンがこの詩句にとらえられたのは、おそらくふたつの相反する未来の正しさを感じ取ったからだろう。小高い山の坂の途中にある大川美術館——入口から見るとガラスブロックの壁がすっと伸びている瀟洒な平屋なのだが、じつは下へ下へと降りていく私の偏愛する構造になっていて、そのいちばん低い空間の階段室まで利用して用意されている企画展——でようやく見ることのできた連作は、文句なしにすばらしかった。鳥のくちばしと花々と右下の署名だけに赤が用いられ、あとは陰鬱だが一篇の詩の誕生にむけての薄い希望の光が射している青と黒を基調にした世界。モノクロ図版では味わうことのできない筆触と色彩の均衡が、徐々に下っていく階段横の壁面の不均衡とへんにつりあっていて、そのつりあいの奇妙さのなかに突っ立っていると、シャーンはいったい『マルテの手記』を何語で読んだのかという、専門家ならたちどころに答えられるような愚問が頭をよぎっていく。連作が依拠しているテキストは一九四九年に刊行されたM・D・ハーター・ノートンの英訳で、若きシャーンのパリ滞在時にはまだ一九三〇年のホガース・プレス版すら世に出ていなかった。もしこの時代に触れていたとすれば、可能性としては、独語の原文かモーリス・ベッツの仏訳のいずれかになるのだが……。

階段を下りるときは、こんなふうによそごとを考えている瞬間がいちばん危ない。段を踏みはずさないよう慎重に足を運び、ステップひとつひとつで立ち止まりながら、しかし私は性懲りもなくシャーンの最晩年のリトグラフと『マルテの手記』のつながりを考えていた。とりわけ二枚目の冒頭、「見る目ができかけている今、僕は仕事を始めなくてはと考える」というよく知られた一節を、シャーンによるレイアウトで《I think I ought to begin to do some work, now that I am learning to see.》と読み返し、『ある絵の伝記』の、獅子と狼の合いの子のような獣が足もとに子どもの遺体を従えて背景もろとも真っ赤に燃えている一九四八年の「寓意」のなりたちを明かす頁と、詩人の回想を結びつけようとしていた。

ヒックマンという貧しい黒人労働者が、火事で四人の子どもを失う。それに関する報道記事に挿し絵を描くことになったシャーンは、記者と打ち合わせをし、ある程度の描き方を定めながら、やがてそれを完全に放棄した。彼にとってこの火事は、四人の子どもが亡くなった悲惨さや人種差別を訴えている以上に、火に対する人間の普遍的な恐怖をあらわしていると思われたからだ。

この火事を語ることで、私は記憶のあれこれを呼びさまされた。幼年期に二度、大火事があったのだ。一度目は色が美しいだけだったが、二度目のものは恐ろしく、忘れがたいものだった。最初の火事では、祖父の住んでいたロシアの小村落が焼けたのだが、そこに自分もいたということしか覚えていない。いたるところで火の手があがり、人々が列をつくって、消火のために町を貫流する河からバケツリレーで水を運んだこと、だれかの家から逃れでた半狂乱の女の顔が、まっ赤な火焔の反射を受けながら、死人の顔のように蒼白だったことなどが記憶に残っている。

もうひとつの火事は、私にも家族にも大きな影響を及ぼし、父の腕と顔には火傷の痕を残した。父は下水管をよじのぼって私の兄弟や姉妹をひとりひとり救い出し、そのあいだにひどい火傷を負った。おまけに私たちは家と家財のいっさいを失い、両親はその痛手からの回復に持てる力のすべてを尽くしたのだが、ついに果たせなかった。

（美術出版社、佐藤明訳を改変）

前者の大火は、一九〇二年、父親がシベリアに亡命したため、リトアニアのカウナスから母親と移り住んだヴィルコミール村での出来事で、シャーンはこのとき四歳だった。また、後者の火事は、一家が一九〇六年にアメリカへ移住していること、そして「幼年期」と限定されていることを考えあわせると、一九〇二年から一九〇六年までのあいだの出来事になる。いずれにせよ、「寓意」に彼自身の幼少時の記憶が重ねられているのはまちがいないだろう。「私がこの作品において創造しようと努めたイメージはシカゴの火事そのものではなかった。そんなものは私の興味を惹かない。私は災害を取り巻く感情的な調子を創造したかったのだ。べつの言葉でいえば内面的な災害が描きたかったのだ」とシャーンは重ねて説明しているが、「内面的な災害」こそは、思い出が血肉化し、「一行の詩の最初の言葉」が燦然とあらわれるための分岐点となる貴重な炎ではなかったろうか。そして、準備段階として決定的な役割を果たしているこの火事が、『マルテの手記』の冒頭、先の詩をめぐる考察よりもまえに置かれていたことを私は「思い出した」のである。

これは夜の物音である。しかし、そういう音よりももっと恐ろしいものがある。それは静けさだ。大きな火事のときにも、同じようにひっそりとして緊張の極に達する瞬間がときどきあるようだ。ポンプの噴出がやみ、消防夫ははしごをのぼるのをやめ、だれもが息をひそめてたたずんでいる。頭上の黒い蛇腹が音もなくせり出し、高い壁が、立ちのぼる火柱の前で黒々と音もなく倒れ始める。だれも息をひそめ、首をちぢめ、仰向いて目をむきながら立ち、すさまじい結末を待っている。この都会の静けさはそれに似た静けさである。

幼年期にシャーンが体験したふたつの火事のうち、より重要なのはもちろん最初のほうだ。半狂乱になった女性を照らす炎の色彩だけではなく、そこにはリルケが描いているような意味あいでの沈黙がある。息をひそめて火を見つめる人々のあいだで柱がはじけ、炎がごうごうと鳴り、熱風が舞うなかにぽかりと開いた穴のような沈黙は、たぶん、詩がたちのぼる瞬間にこそふさわしい、矛盾を承知で言えば実のつまった虚となるだろう。

シャーンが『マルテの手記』に寄せた親近感は、彼が二十八歳と設定されたマルテとほぼおない年で、詩人になろうとしながらいまだなりきれず煩悶しつづけているその姿への共感によるものだろうが、いまひとつの理由として、この火事と沈黙の関係に触れた熱くしずかな、それでいて凶暴ななにかから目を逸らさないマルテの強靱な一節があったことを挙げてもいいのではないか。一篇の詩のためには、火事場を支配する一瞬の静寂の深さを、怖さを感じ取らなければならない。そうでなければ、マルテの啓示にたいする返答を自分の絵でおこなうために、数十年もの歳月を湯煎にかけるはずがない。連作を描き終えたシャーンは、それまでとはまたべつの角度から、自分もまた見ることを学びはじめている、と実感したのではないだろうか。

最小の三分の一を排棄すること

まったく個人的なことで恐縮でございますが、とその美しい手跡の書状は書き起こされていた。手紙の主は、かなり年輩の女性である。彼女の父親は、ながくある地方の村で教師をしていた。暮らし向きはあまりよくなかったが、書物にだけは惜しみなく投資し、居間とふすまを介してつづきになっている三畳の板の間と四畳半の和室にびっしりめぐらした書棚に本をならべて愉しんでいたという。彼女が五歳のとき、その父親が急逝した。母親は仕事を求め、手のかかる娘を連れての上京を決意し、書物はおおかた売り払ってしまった。ところが、なぜか無作為に持ち出したものが何十冊かあって、小学生になった彼女は、そのなかの一冊を繰り返し繰り返し読んだというのである。「忘れもしません、『探偵小説全集』第一三巻・第九回配本・非売品、昭和五年四月発行。中身は、ヴアン・ダイン著『ベンソン家の惨劇』とアラン・ポウ『マリイ・ロオジエ事件』の、映画ふうに申せば二本立て、春陽堂さんという本屋から出ていた四百頁あまりの、紺色の表紙の、文庫型の本でした」と彼女は書いていた。

その『ベンソン家』に出てくる探偵役の青年貴族、フイロ・ヴアンスの魅力に彼女はすっかり取り憑かれ、以後、ヴアン・ダインの熱心な読者となった。本に刻まれていた翻訳者の名前と字面は鮮烈に記憶していたものの、少女時代のこととて、それがどのような人物なのか来歴を調べるわけでもなく、しだいに探偵小説からも遠ざかり、ながいあいだ記憶の層のいちばん下に埋もれたままにしてきた。ところが先日、たまたま新聞の書評欄でその名を見つけ、なんともいえない懐かしさを覚えたと同時に、かつてこの本を手にしていたころの思い出のあれこれがよみがえって、胸のつまる想いがした。
「いまはもう手もとにはないあの本の、重さや、活字のすり切れ具合や、紙のにおいや、表紙の手触りなどを思い返しながら、御書評を参考に、今度は訳者ではなく、作者として彼の名を慈しみたいと思っております」。

ここでの書評とは、論創社から二分冊で出た『平林初之輔探偵小説選』について私が某紙に書いた短い紹介文のことで、彼の名前とは言うまでもなく表題にふくまれている著者を指すのだが、この二冊を扱ってみようという気になったのは、青野季吉『現代作家論』（現代教養文庫、昭和二十八年）の一篇、「平林初之輔論」を再読したことがきっかけだった。

最初に読んだのがいつだったのかほとんど覚えていないけれど、青野季吉はそこで、平林初之輔の仕事の基幹はまちがいなく文芸批評にあり、社会運動家、あるいは社会思想家としてのそれは「てんで比較にもなにもならない」と述べ、探偵小説の分野での業績も「大部分、その旺盛な知識的興味の一つの『遊戯的な』副産物だった」と片づけていた。それでいながら、平林の文芸批評の武器が歴史的知識と物理科学の知識にあるとも説き、ぜんたいとしては友情にあつい、丁寧な文章にしあがっている。だが、思想にも運動にも歴史にも物理科学にも縁のない読者の胸に残ったのは、こんな一節だった。

人間としての平林初之輔を考えると、何よりも先ず、彼の印象的な容姿が眼にうかんで來る。大きなサイヅチ頭、秀でた額、一見キョトンとしたようで、眼玉の透き徹って、鋭角的な光をもった大きな眼、――この凡ては彼の優れた知識性を物語っていた。肩の輪廓がキチンとしているあたりには、モダンな何ものかがただよっていたが、胴から全脚へかけては形がやや崩れ気味で野性的な百姓的なものがそこに凝結しているように思われた。彼の歩いて來る姿がまた特徴的で知識的な都会的な上半部とおよそその反対の下部とがどうしても調和的でなかった。その結果、その動作が妙な曲線をつくって、一種飄逸なと言った、親し味のある空気をいつも發散していた。

サイヅチ頭なんてひさしく聞いていない言葉で、それだけで私はしびれてしまったのだけれど、才槌という漢字にしてからが、大工仕事や木工をやっているひとでもないかぎりもうすんなりと出てこなくなっているのではあるまいか。よく知っている人間の身体的特徴は、距離が近いだけになかなか細部まで観察できず、たいていは漠然とした雰囲気でしかつかめないものだ。「的」ばかりつづく堅苦しい言葉に変換しているとはいえ、青野季吉はさすがにいい眼をしていた。『探偵小説選』に掲げられた平林の正面写真からは、額の秀でた面長の顔とまでしか確認できないものの、本と本を連鎖させていくとき、私はこういうつまらない言葉の響きや字面を大切にするほうなので、先の二冊を好意的に見るのにじゅうぶんな後押しになったし、じっさい、アンソロジーで読んだ一、二篇をのぞいてはじめてまともに手にする平林初之輔の実作も、余技や副産物という、ある意味で無責任な評のとどかないところで、おのれの世界をきちんとつくろうとしていることが好もしく感じられもしたのだ。第一作の「予審調書」や、規矩と論理がたわむれる「誰が何故彼を殺したか」、そして縁もゆかりもない男がふたり出会ってしばしの時間を共有する「動物園の一夜」などは、抄録された文芸批評より感触がよかったから、忘れないうちに紹介の筆をとったのである。

なるほど、そんなふうに過去の大事な記憶が呼び覚まされたのであれば、どんなに舌足らずでも書いただけのことはあった、と胸をなで下ろしてから数カ月ののち、非売品とわざわざ印刷されているくらいだからよほどの稀覯本だろうと思っていた青い表紙の一冊が、はからずも手に入った。本をめぐる偶然の連鎖は、その世界の住人ならもはやあたりまえの出来事である。「たまたま」だの「偶然」だのといった言いぐさで話に尾鰭をつけるのは極力つつしみたい。しかしこれは、やはりよき偶然と特記しておきたい気もするのだ。背表紙の文字がすり切れて青一色にしか見えなくなっているばかりか、表紙にはタイトルすら打たれていないので、これでは棚差しでも平積みでも、『聖書』か『讃美歌集』、あるいはポケット判の辞書にしか見えなかっただろう。素通りしてもおかしくない本に注意が向いたのは、「紺色の表紙の、文庫型」という手紙の一節が頭に響いていたからだ。

彼女の記憶力には、驚嘆せざるをえなかった。書誌データは完璧、総ページ数もぴたりと合っている。「ベンソン家の惨劇」がそのうち三百二十頁を占めているにもかかわらず、口絵写真はなぜか残り八十頁の「マリイ・ロオジエ奇譚」の作者ポウ一枚しかない不公平にはさすがに触れられていなかったけれど、総ルビの少々眼にわずらわしい字面ながら、出だしのリズムに導かれて私はたちまち平林初之輔の日本語に入り込み、むかし読んだきりで中身などすっかり忘れていた探偵小説を、結局、短時間で全篇読み返すことになってしまった。

アルヴィン・ベンスン〔ママ〕が惨殺死體となつて發見されて一大センセーションの起つた六月十四日の朝、フイロ・ヴアンスのアパートで私は朝食をヴアンスと共にした。晝食や晩食を一緒にたべるのはいつものことだつたが、朝食をむかひ合つて食ふのは全く珍らしいと言へた。彼は朝寢坊だつた。ミツドデー・ミールまでは顏を見せないのが彼の習慣だつたのである。

なぜそんなに朝つぱらから顏をつき合はせたかと言へば、用があつたからで――もつともビジネスといふよりは好事家的な用件ではあつた。前日の午後ヴアンスはケスラー畫廊へ賣立の下見に行つた。ヴオラアドといふ男の蒐めたセザンヌの水彩畫の賣立だつたが、そのうちの數點が無闇に彼の氣にいつてしまつた。そこで彼は、いつになく朝起きして、朝食を私と一緒にたべながら、その水繪の買入れを指圖したといふわけだつた。（ルビは省略）

いわゆる現代風の翻訳ではないかもしれない。しかし、「フイロ・ヴァンスのアパートで私は朝食をヴァンスと共にした」といった無造作な人名の反復を、七十年の時の湯煎のなかでおおいに愛してやまない私としては、そのつぎの段落に出てくるセザンヌの画商ヴォラールの誤記さえ気にならず、むしろいとしく感じられる。主人公ヴァンスがセザンヌの水彩画を買う話で幕を開けていることなんて完璧に忘れていたのだから、これはもう初読と言ってもいいくらいなのだが、青野季吉による「人間としての平林初之輔」評がなぜ心に残ったのかは、読み進めていくにつれてはっきりしてきた。ヴァンスの横顔が、つぎのように描かれていたのだ。

　彼は非常に立派な風采だつた。彼の口つきは然し禁慾的で冷酷な感触があり、ブロンジイノやヴアサアリイのメヂシの肖像の口を想はせた。それに眉のあがつたところには人を嘲弄するやうな尊大さが見られたし、相貌の輪廓に鷲のやうないかつさはあつた。それにもかゝはらず彼の顔は充分センシチイヴだつた。廣くて滑かな額は、學者の額といふよりは藝術家の額だつた。つめたく澄んだ鼠色の眼が大きく、鼻はすんなりと長く、顎は狭く、だが深い皺を見せて、秀でてゐた。

このあとに、丸括弧で処理された注記があって、ヴァンスの頭部X線写真を撮影してみたところ、その頭蓋が「著しき長頭」だったという補足情報が記されている。顔の幅が縦の長さの五分の四以下の頭蓋を、人類学では長頭と呼ぶらしい。ヴァンスの顔がいかに細ながくとも、真上から見て額と後頭部が前後に突き出ているあのサイヅチ頭になっているかどうかはわからない。青野季吉の観察によれば、平林初之輔の上半身と下半身のつながりぐあいはどこかちぐはぐだったというから、長身痩軀、身長は六フィートにちかく、「筋的にも神經的にも強さうな印象を與へながらも竝々でない雅致をも持つてゐた」のみか、フェンシングやゴルフにも長けている万能人ファイロ・ヴァンスとはかなりの隔たりがあるのだが、ふたりの相貌は、いや、相貌のとらえられ方はどこか似ている。知的かつ多趣味だった平林の横顔を紹介されてヴァン・ダインの主人公の雰囲気を連想したのは、だからそう的はずれとも思われないのだった。

ともあれ、物語は過不足なく軽快に進み、犯人が逮捕されたあと、「ヒーズが彼《か》の囚人をひきたてゝ室を去り、フエルブスが安樂椅子に體を長めたとき、マーカムがヴアンスの腕に手を置いた」という一文が置かれて、最後はヴァンスの台詞、「さあ、行かう。仕事はすんだ」で締めくくられる。たんなる頭脳派だけではない敏捷な動きで、修羅場をくぐってきている犯人の突発的な暴力を防ぎ、ぐうの音も出ないほど痛めつけて「ちょっと蒴状靱帯《さくじやうじんたい》が切れたゞけだよ。四五日たてば直るさ」と息も乱さずすました顔で言ってのけたあとの決めの文句がこれだった。ここだけ読めば、素人どころか正真正銘のハードボイルド私立探偵のように映るし、きっぱりした終幕は、ながながとした心理分析による捜査の引きまわしを浄化するための、じつにさわやかな手だてになっているようにも見える。『ベンソン家の惨劇』はこんなに引き締まった作品だったのかと、読後しばらく魔法にかけられたような気分だった。

　だが一方で、なにかがちがうという気がしていたのも事実だった。ヴァン・ダインの小説はかならずしも趣味に合わなかったけれど、合わないと言う資格を得るためだけにも代表作は読みとおしておこうと、殊勝な心がまえで『ベンスン殺人事件』『カナリヤ殺人事件』『グリーン家殺人事件』『僧正殺人事件』をたてつづけに読破したころの、脂っこいものを食べたあとの満腹感にも似たやや持てあまし気味の感覚がないことに、むしろ違和感も覚えていたのだ。逆に言えば、ヴァン・ダインの作品の魅力はどうやらそのちょっとしたくどさにこそある、とかつての自分が考えていたことにも後ればせながら気づかされ、初読と再読のあいだに流れている時間の作用をつよく意識せざるをえなかった。

平林初之輔はヴァン・ダインを日本ではじめて紹介した人物で、その最初の訳業が『グリイン家惨殺事件』なのだが、この作品は一九二九年に博文館から単行本化されており、昭和五年、すなわち一九三〇年に刊行された『ベンソン家の惨劇』はそれとならぶ最初期の訳業になる。平林の探偵小説への理解と愛はけっして趣味的なレベルではなく、もっと深く血肉化されていたことが、実作にもましてこの滑らかな翻訳文体にあらわれているのではないかと言いたくなるようなできばえだ。ヴァン・ダインの世界と不可分の要素として私のあたまに巣くっていた過剰さがその訳文からはきれいに削ぎ落とされ、古びてはいるもののまだじゅうぶんに切れる刃がかちあって、心地よい音を奏でていた。それなのに、どうして、以前はあれほど重々しい印象を抱いたのだろうか。

そこで、井上勇の訳になる『ベンスン殺人事件』(創元推理文庫)を久々に取りだして較べてみたところ、いきなりの相違に面食らってしまった。まず衒学的なエピグラフがあり、いかにもという「はしがき」があって、ようやく物語がはじまるこの道具立てのなつかしさ。平林訳には登場人物表があるきりで、開巻すぐに第一章「アパートに於けるヴァンス(六月十四日、金曜、八時三十分)」ではじまっている。井上訳が全二十五章からなり、最終章は犯人逮捕の夜、六月二十日に、ヴァンスがどのような推理をもって犯人にたどりついたのかが論理だって説明される大団円となっているのにたいし、平林訳では最後の一章がみごとに断ち切られ、二十四章で構成されていた。『平林初之輔探偵小説選Ⅱ』に収められた「ヴァン・ダインの作風」（一九三〇）のなかで平林は、ヴァン・ダインの小説は最初から最後まで、ぜんたいが伏線になっており、『グリーン家殺人事件』では捜査の手がかりが二百近くあげられていると指摘したあと、「私はかつて、彼の作品を一つ翻訳したことがあるが、紙数の都合で、約四分の一ほど切り捨てねばならなかった」と述べている。

文脈からすると、これは『グリイン家惨殺事件』ではなく『ベンソン家の惨劇』だと思われるが、だとすれば、彼は外科手術のようにして本筋とは関係のない部分をすこしずつ切除していったことになる。しかし最後の一章をまるまる捨てるという判断は、ほんとうに「紙数の都合」だけによるものだろうか？　細かい部分をカットするのではなく、いわば種明かしに当たるいちばんおいしい箇所をばっさり切り捨て、ヴァンスの台詞でぷつりと物語を終わらせたときの余韻に、その立派なサイヅチ頭に走った直感を賭けてみたのではないだろうか？　「一萬の3を書いたからと言つて、依然小數三分の一は竭《つく》せんさ。最小の三分の一を排棄してしまへば別だがね。――それが人生だよ」とヴァンスは言う。つまり平林は、それにならって、どんなにちいさなものでも抹消できないとのたまう素人探偵の命題を、最終章を取り除くことによって崩そうとしたのではないか？

もちろんこれは、感想に毛の生えた程度の推測にすぎない。答えはあの、青野季吉評するところのサイヅチ頭のなかに、そっと隠されたままである。

煉瓦工場の退屈

食欲などまるでなかったのだが、夜間外出は禁じられていて自販機コーナーにも出入りできないことがわかっていたし、個室が割り当てられているため、フロア係の教師の目を盗んでべつの階にいる仲間の部屋に忍び込むのもほぼ不可能な状況だった。つまりおとなしくベッドに寝ころがって読みさしの本と一夜を過ごすほかはなく、そうなればきっと夜なかに腹がへるだろうから無理にでも詰め込んでおこうと、いただきますの合図を待って、私はお膳のうえの冷めた料理をゆるりゆるりと口に入れはじめた。ちょっとした出しものもできる低い演台つきの、だだっぴろい畳敷きの大部屋で、もう何人いたのだか覚えていないけれど、高校の修学旅行でやってきた一学年分の青臭い男女がいっせいに箸を動かしはじめ、おしゃべりと笑い声で騒然とするなか、教師ではなくホテルの人間がマイクを握って、さあ、今夜はみなさんの思い出づくりに、わたくしどもでささやかな余興を準備しております、どうぞ、ほんのすこしのあいだご協力いただきたく存じます、と静聴をうながした。

こういう態度は失礼であると認識しつつも、紋切り型がつぎつぎに出てくるお座敷用の言葉づかいをどうしても許容できなかった私は、ロビーに置かれていた持ち帰り自由のパンフレットを読みながら黙々とご飯を口に運び、観光コース一キロ、総延長十キロにおよぶ、「東洋一の」という近ごろはなかなかお目にかかれなくなった修飾語つき大鍾乳洞の説明文を、すみずみまで読んだ。石灰台地、雨水による溶食、カレンフェルト、ドリーネ、カルスト、夏涼しく冬あたたかい天然の空調。硬い地学用語と旅行案内の定型が写真と写真のあいだに流し込まれているその三つ折りパンフレットを何度となく読み返していたときのこと、とつぜん、隣にすわっていた友人が、おまえ当たってるぞ、と私の肩を揺すった。話などまったく聞いていなかったので呆気にとられていると、彼は私のお膳の箸袋を裏返し、黒のボールペンで記された二重丸を示した。余興とは、この箸袋の裏をつかった宝くじだったのだ。マイクを握った支配人ならぬ差配人は声の出所をただちに特定し、さあ、二重丸の方はご遠慮なさらずまえにおいでください、みなさん、拍手でお迎えください！　と指先まできちんとのばした手をこちらにむけた。

鍾乳洞の簡易階段より歩きにくそうなお膳の海をジグザグに抜けて演台までたどり着

いた私に、宴会差配人は白い箱をひとつ手渡した。中身をたしかめると、乳濁した縦長の湯呑みが入っている。これは萩焼です、粘土の目がやや粗いのが特徴でございまして、そこに茶渋が染み込んで色が変化してきます、どうかこれを一夜の思い出として、大切に育ててやってください、と差配人は誇らしげに話を結んだ。この湯呑みは一度もお茶を入れることなしにペン立てとなり、鉛筆の黒鉛やキャップのとれた赤ボールペンから漏れ出したインクの染みで内側だけ微妙な色に染まっていったが、薄汚れた鍾乳石みたいな記念すべき湯呑みを見るたびに思い出すのは、しかしその晩の出来事ではなく、ホテルに到着するまでのバスの窓から眺めていた、萩の周辺の風景である。

ときおり睡魔に襲われて窓ガラスに額をくっつけたまま眠り込み、タイヤが跳ねるとその反動で意識を取り戻す。低い山々と林間にのぞく土の地肌、麓に点在する土塀のある家々。ひとことで言えば、それは郷里の風景に似ていた。はじめての道路を走っているのに親しさの度は徐々に高まり、きっとあの辺にありそうだと感じた予想どおりの場所に、窯の存在を示す細い煙突が何本かあらわれた。萩のほうにむかっていることは旅程表でわかっていたけれど、陶土の出そうな山の姿や工房の場所にこれほど共通したにおいがあるとは思いもしなかったのだ。おみやげ品程度のものであれ、萩の土で焼いた湯呑みを労せず手に入れたのはその晩のことなのだが、さらに印象深かったのは、ふたたび陥った浅い眠りの、わずかな覚醒のあいまに垣間見た煉瓦の山のほうである。きれいに大きさの揃った、赤茶色の直方体。そのシルエットも、私にはひどく親しいものだった。

子どものころ、ときおり自転車で遊びに出かけていた友だちの家の裏山に、大きな煉瓦工場があった。細い坂道をのぼりつめた先の敷地にあった工場の、庇のある搬出口に積まれた煉瓦の山をつかって、私たちは守衛のおじさんに叱られながらよく遊んでいたし、じつを言えばこれもまた学校行事の一環だったのだが、窯の様子などを解説つきで見学したこともあるものだから、バスの窓の外にひろがる萩近郊の風景に記憶のなかの工場周辺とそっくりな地形を発見し、発見したばかりでなくあきらかに煉瓦を焼いている建物まで確認した私は、マイクを手にしたうるわしい訛りのあるバスガイドさんの差配ではなく修学旅行の神が与えてくれた偶然の差配のほうに、ひそかに感謝していた。陶器の工房や煉瓦工場がどうのということではない。それらをとりまく地形にはなんとも言えない安堵感があったのだ。しかし、その感覚はまた、道中に強いられるつまらない余興ともべつの位相で、「退屈」と評すほかないものだったのである。当時の私は、この「退屈」の質の相違に、きちんと言葉を与えることができなかった。

ところで、先般、その「退屈な」風景に出会わせてくれた山口県を、二十数年ぶりに訪れる機会があった。山口市湯田温泉でおこなわれる中原中也賞授賞式の「余興」として、なんでもいいから夭折の詩人にかかわる話をしてほしいと頼まれたのが前年秋のこと、私はちょうどジョルジュ・ペロスという詩人について脈絡なくつづった評伝ふうの作品を上梓したばかりだったのだが、このペロスの作品に「退屈さについて」と題された断章群があって、拙著の最後に、「日曜日は退屈である。だれにとっても日曜日だから」という一節を引用していたためか、なにを読んでも私の目は「退屈」の二文字に反応していたらしい。おなじころ刊行された『新編中原中也全集』の、評論と小説が収録された第四巻をぱらぱら開いているうち、「普通に人々が、この景色は佳いだのあの景色は悪いだのと云ふ、そんなことは殆んど意味もないことだ。人の心の奥底を動かすものは、却て人が毎日いやといふ程見てゐるもの、恐らくは人々称んで退屈となす所のものの中にあるのだ」という、中也の自伝的エッセイ「一つの境涯」の冒頭に掲げられているエピグラフに引きつけられたのも、たぶんそのせいだろう。「筆者不詳」と断り書きがあるものの、これはどうやら中也自身の創作らしい（佐々木幹郎『中原中也』筑摩書房、参照）。しかし私は、なぜかふと、これが、西洋語で書かれた作品の一部を中也が翻訳もしくは翻案したものだったとしたら、だれの言葉に近いだろうかと妄想をたくましくし、「退屈」ではなく「景色」の一語を手がかりに、ジンメルの「風景の哲学」

を読み返したりしたのだった。

かくてペロスの「退屈」と中也の「退屈」が、ジンメルの「風景」と中也の「景色」が、ピントの合わないまま重なって私を混乱に陥れた。そんな混乱のなかで、いまだ机の隅に置かれている萩焼の湯呑みが、修学旅行と呼ばれる「余興」のさなかで出会った「却て人が毎日いやといふ程見てゐるもの」に相当しそうな景色を喚起してくれたのである。

景色とは主に自然のありさまを指す言葉であり、他方、風景とは、自然にかぎらず、なんらかの趣をそこに読みとっての、見る側の主観の入った言葉である。だから日常目にしている景色を退屈だと感じた瞬間、景色は景色であると同時に、風景になる。ジンメルによれば、風景とは自然のなかの局限であって、われわれが自然の景物の「総計」ではなく確実に風景を見ているとき、結局のところ、その作業は絵画を描くのとおなじことになるという。

風景は個別性のうちに閉じこもり、自足していながら、しかも何の矛盾もなしに、自然の全体と統一に密着している。ただしその際否定しがたいのは、「風景」の成立がもっぱら以下のような筋道をたどって行われるということである。直観と感情のうちに脈々と生動している生が、自然の統一から身をもぎ放す。しかしそうして作りだされ、全く新しい層に移送された特別な形象は、いわば初めて自発的に全体の生におのれを開き、隙間のないその境界の中へ、無限なるものを受け入れる、という道筋で。（川村二郎訳、平凡社ライブラリー）

景色から風景へ。景色は風景として切り取られ、全体との結びつきを保ったまま平板な仮面をかぶる。これこそ積極的な意味での退屈が生まれる日常化の道筋ではないか。ジンメルはさらに言う。

ある人間の気分といった時、われわれは、ずっと続けてにせよさしあたり当座のことにせよ、彼の心の個々の要素を引きくるめた全体を染めている、色調の統一を考えている。個々別々ではなく、個々のものにはりついてその特徴を指示しているのでもなく、そうした個々のもののすべてが落ち合う一般的なもののことを考えている。それと同様に、風景の気分は、この個々の要素すべてに滲みこんでいて、個々のものにその気分の責任を負わせることはできない。いわくいいがたい形で要素のどれもが、気分に参与している。しかし気分はこの参与の外側にあるのでもなけれ

ば、個々の要素の組み合わせで成り立っているのでもない。　　　　（前掲書）

むずかしい言い方だが、おおもとにあるのは、風景がひとつの精神的な形象だという一点であり、まちがいなく存在しているにもかかわらず、現実にはけっして触れえない空間であるとの認識だろう。景色が風景になったとき、それは乾いた地肌を見せる粘土質の山や灌木の繁み、煉瓦干しの棚や窯のうえの煙突といった事物から具体性をひきはがして、こちらの創造力との関係性のなかでしか生まれえない架空の磁場になっている。「すでにある外の世界とわれわれの創造性とのもつれ合い」とジンメルは表現しているけれど、私が眠い目で見ていたバスの車窓「風景」は、もっとありきたりな景色に近く、創造性などこれっぽっちもないただの合成画像のようなものだった。

しかし同時に、ただ眠さのゆえばかりではない「気分」が道中の景色にはあって、その「気分」がどこかべつの場所で嗅いでいた「気分」にひどく似ていると感じたことは、はっきり身体のなかに残っている。そして、その「気分」にいちばん近い肯定的な言葉が、私にとってはどうやら「退屈」に当たるようなのだ。「一つの境涯」と、十代なかばの集団「余興」のさなかに意識した、乾いた粘土のような「気分」が曖昧に混じりあったのは、このような順序を踏んでのことで、授賞式の「余興」に使える材料としては、だからあの煉瓦工場が登場する『在りし日の歌』の「思ひ出」しかなかったのである。

岬の端には煉瓦工場が、
工場の庭には煉瓦干されて、
煉瓦干されて赫々《あかあか》してゐた
しかも工場は、音とてなかつた

煉瓦工場に、腰をば据えて、
私は暫《しば》く煙草を吹かした。
煙草吹かしてぼんやりしてると、
沖の方では波が鳴つてた。

あたたかい春のはじめの陽射しを浴びた煉瓦工場。山間ではなくてこれは海に近い場所だから、私が退屈するほど遊んでいた煉瓦工場の周辺とは大気の質も空のひろさもちがうけれど、このあたりを視野に収めるために、語り手の「私」はどんな位置に立ち、どんな角度から見ているのだろうか。海と煉瓦工場をふたつとも視野に収めるには、岬の端を見下ろす感じで高台に立っていなければならないはずだが、詩の記述にしたがえば、その後移動して敷地に入り、どこかに腰を下ろしているのもあきらかだから、ここには時間だけではなく空間の移動もある。煙突のうえは空、岬の先は海、そして、周囲には海のかおりを抑えるように、焼きしめた粘土のにおいが漂っている。

かつて郷里の煉瓦工場の敷地で、たばこを吸う代わりに当たりくじつきシャーベットを食べながら腰を下ろしていたのは、建材用ではなく炉を築くための耐火煉瓦の山だった。これらの煉瓦の製造過程において、水分は厳禁だという。万が一、水蒸気でも出たりすれば、爆発を起こす危険があるからだ。詩の工場のまえで「赫々してゐた」煉瓦は、海辺の、しけて不安定な天気を承知で天日にさらされているのだから、常識的に考えて水に濡れてもいい建材用の赤煉瓦ということになる。余談だが、耐火粘土を摂氏一三〇〇度から一四〇〇度の高温で加熱したあと砕いてちいさな粒にしたものをシャモットといい、語感から察しがつくようにこれはフランス語で、耐火煉瓦の原料になる。だから粘土質の耐火煉瓦をシャモット煉瓦とも呼び、深鍋を意味するキャスロールとならんで、地元の産業との関連でそれが何語であるとも知らずに私が覚えたもっとも古い外来語のうちに入るのだが、この詩の工場が耐火煉瓦を扱っていたら、タイカレンガという固い音のなかにやわらかめのシャモットなんて響きを混入させていたかもしれない。

　ともあれ、詩のなかでは時間がゆがみながらも進展し、煉瓦工場のある岬の突端は、「私」のなかでたしかな「風景」に育てられていく。煉瓦はひとつずつ焼かれ、乾かされ、積みあげられて、べつの建造物に生まれ変わるのだ。ここで煉瓦を言葉に置き換えるなら、「思い出」のうるわしい退屈さは、言葉を生産する工場が廃墟となっていく過程の、正当な「風景」化のなかにこそあるといえるだろう。煉瓦工場はやがて朽ち果て、窓もガラスも割れて、見る影もない。

沖の波は、今も鳴るけど
庭の土には、陽が照るけれど
煉瓦工場に、人夫は来ない
煉瓦工場に、僕も行かない

アステリスクで前後にわかれている詩の、前半の「私」から後半の「僕」への変化にともなって、あまく語り出された煉瓦工場は朽ち果てるばかりとなり、語り手はもうそこへは「行かない」と言い切る。そんなふうに断言できるのは、この風景が彼のなかで血肉化され、日々の積極的な反復から生まれる前向きの退屈さのなかで、いつでもどこでも再現できるからだ。退屈すること、「呑気にブラブラする」（「感情喪失時代」）ことは容易ではない。短歌や俳句にたいしての詩の特質として中也が挙げている、あの「ゆたりゆたり」という繰り返しの、あるいはサーカス小屋のブランコの「ゆあーん　ゆよーん　ゆやゆよん」の反復を生きること。つまり、部分を伐りとり、切った部分をあたらしい全体としてしっかり立たせる作業が、「退屈」の正体なのではないか。くすんだ萩焼の湯呑みの中身をあけ、両手でそれを包み込みながら私は自問する。「人々称んで退屈となす所のもの」を、自分はしっかり生きてきたと言えるのか。だれにも足を踏み入れることのできない、「僕も行かない」風景を言葉でつくりあげるには、箸袋の裏の二重丸がもたらした偶然をきっぱり拒んで、一滴ずつしたたる石灰質の水が鍾乳石を育てていくように、日々繰り返される退屈を身体に染みこませなければならないのである。

運河について

運河、という言葉に出会ったのはいつのことだろう。その字面と響きに魅了されてから、もうずいぶんながい時間が経つ。島国の一部でありながら四方に海との接線を持たない閉ざされた土地に育ったせいか、川を下っていけばいずれ海に通じると地図のうえでは理解できても、想像力のほうがなかなか追いつかなかった。まっとうな船を浮かべられるだけの幅と深さのある川の存在は聞き知っていたけれど、生活圏から離れているその流域まで出ていくのがすでに大変なことだったのだ。高いところから低いところへ流れる水の道ではなく、流れがなくても農業用水路のように平らで大きな溝が張りめぐらされてさえいれば、自分で櫂をこいだり小型の発動機をつけた船で自由に移動できるのにと、そんな夢想にふけっていたとき、少年少女むけの図鑑かなにかで、世の中に運河と呼ばれる水路があることを教えられたのだった。

運河とは、文字どおりなにかを運ぶための河である。ひとを、荷物を、水そのものを運んでいく道。私が見慣れていた細くたよりない農業用水路も定義上は立派な運河にふくまれるのだが、一般的には船の運航のために掘られた人工の水路とでもしておくのがいいだろう。上空にむかって鉄やコンクリートを積みあげ、視界をさえぎる嵩をこしらえたり、地面を掘り下げ、井戸やトンネルのような空洞を生み出したりするのとはちがって、必要な深さに達したあと、わざわざそれを液体で埋めてしまうこと。運河の一語に惹きつけられたのは、「海や河や湖や沼を埋め立てる」のと「陸地を掘り返して水路をつくる」のとどちらを選ぶかと迫られたら、作業の難度やその後の有用性は無視して迷わず後者を選びたくなるほどの、甘美な徒労感にあったのではないかと思う。

それでいながら、子どものころに聞きかじっていたのは、世界的に知られた国外の運河だけだった。言うまでもなくその筆頭は、一八六九年開通、全長約一六三キロのスエズ運河で、地図を見ればだれでも気づく大陸と大陸の接点、プラモデルの部品みたいにくるりとねじれば簡単にもげてしまいそうな地峡に水路を通して地中海と紅海を結び、アジアとヨーロッパをつなぐ「最短航路」と説明書きのある写真を見て胸を高鳴らせたものだ。アフリカ大陸の沿岸を迂回する航路に比べれば、その距離の縮め方はほとんど過激といってもいいくらいである。建設にあたってフェルディナン＝マリー・レセップ

スという フランス人外交官が黒幕としてからんでいること、レセップスの晩年が当の運河会社の倒産によって悲劇的なものとなったことまでは本に記されていなかったはずだが、スエズ運河のすぐわきにパナマ運河の紹介があったのは、エジプトで一旗あげたあとのレセップスが太平洋と大西洋を連絡するパナマ運河建設を目論んでいた、という流れを暗黙のうちに押さえてのことだったろう。

あたらしい利権争いの場となったそのパナマ運河の全長は約八二キロ。一九一四年にアメリカの手で建造された。こちらはスエズ運河と異なり、閘門《こうもん》を設けて水位を調節する方式を採用している。水を堰き止め、船を閉じこめ、しかるのちにようやく移動へのめどがたつこの高低差を生かした悠長な方式は、ボルガ河とドン河を連結し、カスピ海と黒海とバルト海と白海をひとつづきにしてしまった、一九五二年完成、全長一〇一キロのボルガ・ドン運河とともに、いっときおおいなる夢想の源となっていた。*

しかし、規模や用途のちがいはあれ、国内にも数多くの運河が存在していることを、私は徐々に学んでいった。関東圏には利根川と江戸川を連結する利根運河や、いまでも水上バスが走っている晴海運河があるし、小樽や神戸にも運河がある。そして、これは掘割と呼ぶほうが正確かもしれないけれど、九州の柳川にも歴史ある運河がめぐらされている。後年、それら運河の町に生まれ育った同世代の人間と知り合い、幾度となく聞かされたお国自慢、運河が登場する内外の文学作品や映画との接触、あるいは留学生時代に現実の運河を知って周辺を歩きまわったときの記憶などが積もり積もって、平らかな水路をめぐる夢想は微調整をほどこされながらすこしずつふくらんでいった。ただ、土地の名の響きと造船所を連想させる閘門のメカニックにたいする興味関心とはべつに、じぶんが運河のなににとらえられているのかそのおおもとを冷静にたどってみると、結局は、周囲の景色と一体化した人工性に行き着くようだ。いや、できあがったばかりの段階で、すぐまわりの環境に溶け込むはずはないのだから、運河の魅力は、周囲と一体化するまでの時間の蓄積にあるとしたほうがいいだろう。そういう文脈からすると、想像のなかでの私の感覚にもっとも近いのは、たとえばあっさり「運河」と題されたつぎのような散文詩になる。

黄河と揚子江を繋いだ往古の運河の欠片が、揚州郊外のあちこちに残っている。その岸に立った者は誰も運河とは思わない。自然の川なのだ。それでいて一様に人工の川だけの持つ独特な暗さがある。それは、考古学者だけが自然の丘と見分けることができる陵墓の丘が暗いのと同じである。長い歳月の果てに、人工的なものが自然の一部になり了せようとする時、どこからともなく放出されるエネルギーの暗さなのだ。

（『井上靖全詩集』所収、新潮文庫）

井上靖の詩の語り手は、自然と人工のやわらかな融合を見出しつつ、運河だけが備え持つ一種の暗さに着目している。規模がどうあれ、この独特の暗さが消えることはない。スエズやパナマの空気は中国大陸のそれとかけ離れているし、地峡に引いた直線と縦横に走る大陸の運河のたたずまいがいかに異なっているとしても、そこには「どこからともなく放出されるエネルギーの暗さ」がただよっている。ただし、放出されたエネルギーをやみくもに明るさと置換しない意志のある者だけがこうした見方を可能にするとも言えて、それは井上靖の小説にひそむ不思議な暗さの出所を明かしているようにも思われる。

ところで揚州は、中国江蘇省、揚子江下流の、全長一七〇〇キロにおよぶ桁ちがいの大運河沿いに位置する古い河港都市である。ひさしぶりに読み返した井上靖の詩にうながされるかっこうで、夏の一日、表題に「運河」の文字を冠された数冊の小説を、少年時代の夢想に輪を掛けた気晴らしとして読んでみることにした。そういう本が手もとに集まってきたのは、私がこの単語に奇妙な愛着を抱いているからにすぎず、タイトルを除いてたがいの関係性はかぎりなく零に等しい。

そのひとつに、片岡鉄兵の『運河』がある。非凡閣という非凡な名の出版社から昭和十八（一九四三）年、すなわち彼の死の前年に刊行されたこの作品は、年代から見ても筋書きから見てもあきらかに国策を意識したもので、巻頭、「もう一ケ月もすると、大東亜戦争勃發一周年を迎へようとする頃であつた」と時代が限られた、かなりきなくさい話だ。

主人公、松尾邦彦は、高校時代の漢文教師の影響で、はやくから中国の詩文に興味を抱き、大学卒業後は貿易会社に入って、すでに何度か大陸に渡った経験を持っている。やがて彼は、大陸の動きを政治経済の視点からとらえるようになり、「大東亞戰爭になると、支那で、何かお國の役に立つやうな仕事をしたい、といふ氣持ち」になっていく。そんな理由付けをして上海の新聞社に職を得、出発の日を間近に控えている邦彦は、亡くなった妹の、女学校時代の友だちふたりと行き来していて、というのもうちひとりが先の漢文教師の娘だったからだが、その恩師の娘ですでに人妻となっている日出子に淡い想いを寄せている。もうひとりが朝世という名で、彼女のほうは邦彦を憎からず想っている。ところが邦彦の出立まえに、応召していた日出子の夫が船上で病死したとの報が入ってくるのだ。朝世とふたり、タイピストとしてなんとか自立しようとする気丈な日出子のために、邦彦は、朝世の親戚で無為徒食の詩人を介して万一のときの軍資金を残し、海を渡る。

　就職先の上海「大陸日報社」に出むくと、彼に与えられた仕事は、「清郷工作の中心地」たる蘇州、まさしく井上靖の詩の舞台となった地域の、支局長心得となっていた。当初は不満をあらわにした邦彦も、理想に殉じてそのポストを受け、抗日運動から転じて日本の新聞社にやってきた女性記者とコンビを組むことになる。後半の主題は、この記者、宋茉莉のかつての恋人で、いまも抗日運動をつづけている張という男を邦彦がいかに転向させるかにあるのだが、運河の匂いを求めてぱりぱりと割れそうな頁を繰っていくと、日本側についていた茉莉の兄は命を落とし、転向した張と茉莉がよりを戻して、朝世は女流作家の中支視察旅行のための同行秘書となって邦彦に再会する。邦彦と朝世はいったん帰国して夫婦となり、ふたたび蘇州に渡った。蘇州で夫は妻に言う。

「見渡す限りが、清郷地帯だよ。江蘇省だけでも、山口縣、廣島縣、岡山縣、兵庫縣を合せた位はあるぜ。昔から江蘇稔れば天下うるほふといふ諺もあるんだ。御覧、運河だ。桃の花の咲く里から里へ通じる運河だ。支那の血脈だ！」

　このあっけらかんとした台詞からは、井上靖の指摘する暗いエネルギーの気配はまったく感じられない。運河はすでに自然と一体化し、あたりと調和したひとつの景色になってしまっている。壮大な眺望はあっても、あのどこか肯定的な窮屈さは拡散している。

作品の出来不出来でも、思想上のよしあしでもなく、「運河」を表紙に掲げる以上あってしかるべき人工物へのまなざしが欠落しているのだ。

ある種の暗さをもたらすには、もっと身近なところへ目を移すべきなのだろうか。そんなことを考えながら、たとえばもう一冊、椎名麟三の『運河』（新潮社、昭和三十一年）を手に取ってみると、実存という言葉を謳い文句にできる数少ない日本語作家だけに、読むまえからもう貧しい工場街に走る運河的実存のありようがあれこれ想像されて、澱んだ水はおそらく主人公の心象風景として使われ、暗さがうまく表現されているにちがいない、と陰気な期待を抱いてしまうのだった。

時代は、三月に国際連盟脱退、五月に京大瀧川事件があった年という設定だから、一九三三年。関西の私鉄の車掌をしていた塚口洗吉は、共産党員として検挙され、転向する。出所後は姫路のマッチ工場で働いていたのだが、胸を病み、ある事件を起こしたのを機に上京、田町の運送会社に職を得た。ところが、監視されている身に課された当局への届け出を怠ったため、職場へ特高が訪ねてくる。親方に過去がばれてしまったのではないかと不安にかられつつ、洗吉は不案内な東京の町を、地図を頼りに自転車とリヤカーで走る。運河の一語が出てくるのは、取引先の星野薬局から「かなりひろい運河に面した大きな工場」である亀戸製薬へ行く場面だが、その亀戸製薬に届けものをして帰るとき、軍手を落としたと教えてくれた若い女工の正子に、洗吉は『異邦人』のムルソーさながらなんの根拠もなくすがろうと思いつき、彼女のあとをつけて貧しい家にころがりこむ。医学生の夫を結核で亡くしているこの女性に食いついた洗吉は、過去を洗い流すにふさわしい名前を最初から最後まで上滑りさせ、なにひとつ洗うことができずに運河の澱みを眺める。

運河の流れは、引き潮らしく勢よくその上にうかんでいるゴミを運び去っていた。その向う岸の際は、もう干上っていて、黒い汚らしげな泥が大きく見え、岸の石崖のなかにあいている丸い土管の穴から、下水がその泥の上へ大儀そうにちろちろ流れ落ちていた。洗吉は、はじめて手の名刺の丸めた紙屑に気附いて、水の上に投げた。そのかたまりは水面近くで、小さくくだけた。すると流れは、まるで餌をもって逃げる巨大な魚のように、その細く散った紙片を忽ち呑み去ると、どこか遠く水の底へもって行ってしまったのである。

洗吉が棄てているのは特高が置いていった名刺で、ここでも自分の身分がばれるのではないかとびくびくしている。やがて彼は正子に、結核に冒されていることと過去の失態を打ち明けるのだが、死んだ夫もやはり結核だったからと彼女はまったく気にかけない。やむにやまれぬ戦略として「愛している」とでまかせを言った男を、彼女は信じたのだ。一方、洸吉は、特高に仕事の斡旋を頼むほど零落し、正子の家に戻ることもできなくなる。

見下すと、運河の水は満潮で、舟も通らないのに岸へチャプチャプ音を立てていた。その黒い水面に、藁くずや野菜くずの流れようともしないで揺れているのが、岸の家の燈に鮮やかに見えた。だが、その彼は、姫路にいたときと同じように死ぬことができなかったのである。

結局、「世のなかに対する一つのあわれな復讐」として洸吉が選んだのは、正子の弟である敬治の恋人鈴子を奪い、駆け落ちするということだった。おそろしく飛躍した結末だが、この徹底した暗さこそは、片岡鉄兵の運河になかったものだ。自然の「暗いエネルギー」と性質のちがう、見る側の人為的な欠損がここにはある。

そこで今度は、ふたりの作家の中間を求めて、丹羽文雄の『運河』(新潮社、昭和三十三年)を手に取ってみた。上下二段組の二分冊、大河小説の雛形としても不足のない分量である。二十五歳のファッション・モデルにして人気服飾デザイナー、久志本紀子こと伊丹紀子は、十代のころ神童扱いされていたのにその後啼かず飛ばずになった画家の伊丹均と結婚し、モデルのみならずデザイナーとして一家の家計を担っている。伊丹には先妻とのあいだに眉子という娘がいて、また、腹ちがいの妹で、仏門から還俗してきた秀子がいる。複雑な親子関係、時代の先端を行く職業についた女性とその夫のからみあいが、きっちりした構成にところどころ筆まかせのゆるい展開をまじえた、手練れの技を駆使して描き出されている。

特筆すべきは、表題に「運河」とあるにもかかわらず、最後まで具体的な運河が登場しないことだろう。おまけにその理由も明確に記されていない。そして、そんなふうに具体例も理由づけもないことを、私はむしろ好ましく思うのだ。運河をちらちら登場させ、心象風景として利用した片岡鉄兵や椎名麟三の小説より、示唆にとどめて話を剛胆に進展させていく丹羽文雄のほうに、なぜか私の夢想はすり寄っていく。かすかな流れがあるきりでたえず澱み、疫病の原因にもなる一方で交通の要衝ともなりえ、思いがけない移動の手段ともなる運河を描くのでも借景にするのでもなく、それに「あやかった」散文があるとしたら、こういう書き方になるのではないか。水路はもちろん地図には記されていないし、船も浮かんでいない。ひとや荷を運ぶ可能性をどんよりと浮かべて、気候の変化を待っているだけだ。そのような書法に従った文章を「運河的散文」と呼ぶことはできないものだろうか、と自問したところで、閘門式の窮屈な私の夏は、みごとに澱んだまま終わった。

＊運河に関する記述は平凡社『世界大百科事典』に拠っている。スエズ運河については、仏文学者青柳瑞穂訳によるジャン・デルベ『スエズ運河・スエズの開拓者レセップス』（第一書房、昭和十五年）を夢想の出発点として挙げておく。

束ねた柱

海沿いにあるその町には、冬、砂まじりの冷たい風が吹く。砂に覆い尽くされた土地を身の凍るような波が洗い流して命の痕跡を消し去り、塩分をふくんだこまかい砂粒が衣服のすきまから入り込んで肌を刺し、髪に白々とまといつく。春には春で、乾き切った砂が舞い、骨をぎしぎしじゃりじゃりと軋ませる。面倒がって払い落とさずに放っておくと服の生地をすぐに傷めてしまうこの厄介な闖入者は、町はずれから海岸までの一キロ半ほどを埋め尽くす、いまわしい砂丘から流れてくるのだった。じりじりと迫ってくるこの砂に追い出されるように、人びとは塩にやられた家を棄てた。なんとか砂丘のなかにとどまっているのは、砂山のかげに隠れるように立っている教会だけで、じかに吹きつける風から守られてはいるものの徐々に押し寄せる砂に圧迫され、ある春の日曜日、礼拝の最中にくずれた砂山によってステンドグラスが突き破られてしまう。

ウィリアム・メインの『砂』(林克己訳、岩波書店)は、そんな町を舞台にした物語だ。陰湿な要素がそろっているのにじめじめしたところがあまり感じられず、むしろ適度に乾いたしのぎやすい空気が流れている。それはもっぱら登場する少年たちの、奔放でいて節度ある言動に負うているのだが、奇妙な空気を生み出している要因はほかにもうひとつあって、じつは倒壊の危険がある教会の真上をグリニッジ子午線が通過しており、塔に描き込まれた黒い線分の半分が東半球、半分が西半球に属していたのである。

物語は、だから、砂のなかでかろうじて生きながらえていたこの世界の境界線からはじまる。主人公のエインズリー少年は、あるとき、姉のアリスが近隣の砂利坑の化石層から新種のワニの化石を発見し、全身骨格を掘りだしたら女学校で展覧会をするらしい、という話を聞きつけた。いたずら心を起こした彼は仲間を誘って、海辺で見つけた魚の死骸を発掘現場に埋め、女学生たちを驚かす。おかげで校長先生の叱責をくらうのだが、冒険心に火がついた彼らは、砂丘に埋まっている砂利会社の狭軌道鉄道を掘り起こし、それを消えた子午線のうえに敷いて境界線を復活させようと決意する。物語の中盤を担うのは、この鉄道にトロッコを走らせるまでの奮闘ぶりだが、冒頭の布石が効いたのか、やがて彼らも砂丘の一角で巨大な骨を発見するにいたる。砂に滅ぼされ、砂に保存されもした生き物の骨。それをぜんぶ掘りだすことが、もしかすると分断された世界の再生につながるかもしれない。トロッコ復活計画は、こうしていつのまにか古生物らしき骨の発掘作業に重ねられていく。

骨は砂から姿を現わしただけではなく、背骨のところなどは高くつき出て、海のほうから陽がさしはじめると、その影がくっきりと砂の上に浮きだすほどになった。いちばんてっぺんで午後の仕事がはじまると、はるかに町までながめられる。だが、下におりてくると町も見えず、あたりはいちめんに砂だけになる。エインズリーは砂にかこまれた生活にはなれていた。くる日もくる日もまったく同じ状態だった。しかし、いまは、有史以前というこの骨の感じが胸の中に食い入って、じぶんもまるで有史以前の時代にもどったような気がしはじめた。

砂丘はそれだけで謎めいた空間である。さらさらと砂が動いてしずかな暴力をひろげていく一方で、風が凪いだ朝には、乾いた砂粒が霧の水分を吸ってつかのま固形への意志を表明し、昆虫たちの命を守る城になる。さらにいえば、そんな砂地に棲息する昆虫を採集しに行ったまま、砂丘のなかに穿たれた穴のような奇妙な村の、崩れつづける砂の壁に閉じこめられ、そこで暮らしている女のもとから抜け出せなくなっていくあの

『砂の女』の恐怖をも内包しているのだ。ウィリアム・メインがつくりあげた町の地誌は、おそらくそれらのはざまにあって、人びとは砂の侵食を怖れながら、一方でそれを宿命などという重い言葉を使わずに受けとめ、砂との共生を実現している。悲劇の気配がないのは、たぶんそのためだろう。

ともかく、この翻訳小説を私に書棚からひっぱりださせたきっかけは、まさしく太古の骨を発掘するがごとく、じつに思いがけないところからやってきた。ハンガリー文学者徳永康元の、これは遺著と呼ぶべき書物なのだろうか、一九三九年から一九四二年までの留学日記を収録したエッセイ集『ブダペスト日記』（新宿書房）を読んでいたら、父親の徳永重康が地質学者で、古代生物の発掘と鑑定に多数かかわっており、そのなかに、なんと開館当時私が何度か遊びにでかけた岐阜県瑞浪市にある化石博物館の、立派な骨格模型が君臨するデスモスチルスの頭骨がふくまれていることを知らされたのである。

徳永重康は、明治七（一八七四）年、東京は芝に生まれ、昭和十五（一九四〇）年に没している。明治二十七年、東京帝国大学理学部動物学科に入学するのだが、のち古生物学に関心を移し、地質学に転科を希望する。ところが当時の学制ではこれが認められず、学籍を残したまま地質学科で学ぶことになり、ナウマン博士の教え子であった地質学者の小藤文次郎と古生物学者の横山又次郎に師事した。明治三十年に卒業すると、翌年、瑞浪市で「デスモスティラス（海牛類）、東京の田端でナウマン象の臼歯の化石を発見」している。その後、明治四十三年に現在の工学院大学にあたる東京工科学校校長を経て早稲田大学教授となり、理工学部採鉱冶金科で教鞭をとったほか、大隈重信が支援した南極探検白瀬隊報告書にも協力、昭和八年には満蒙学術調査団の一員として大陸にわたり、自然科学の調査をおこなっている。

私はまず題名につられて、留学生時代の日記抄から読みはじめた。一九四〇年十月八日火曜日に、夜、バルトーク夫妻の演奏会を聴いたという記述がある。バッハの「ピアノ協奏曲イ長調」、奥さんのディッタ・バルトーク＝パーストリによるモーツァルト「ピアノソナタK四五九」、おなじくモーツァルトの「二台のピアノのためのコンチェルト変ホ長調」のあと、最後にバルトークが自作「ミクロコスモス」の小品をいくつか弾き、なかで「ブルガリアのリズムの六つのダンス」がよかった、とあるのに興奮して――それはバルトークがアメリカへ亡命するまえの、最後の告別の意味を持つ歴史的な演奏会だった――、若いラーンキが録音したテレフンケン盤の三枚組LPにひさしぶりに針を落としておおいに満足し、あらためて冒頭から読み出したとたん、この徳永重康の挿話が飛び込んできたのだった。

バルトークと恐竜の、どちらを選ぶか。私が感性豊かな詩人であったなら迷わず前者を選択し、息子康元の博学と古本談義のBGMとして重い円盤をとっかえひっかえしただろう。だがすでにこちらの脳裡には、小学生のとき地元ではたいへんな話題となった瑞浪市化石博物館と、なぜかまだ自由に出入りできたそのまわりにある剝き出しの、砂ではなく乾いた粘土みたいな柔らかい化石層をめざして同級生と出かけた日の記憶がよみがえって、音楽や古本などどこかへ消えてしまったのである。

親しい仲間として一度も意識したことのない同級生から、ある日、化石発掘探検をしないかと誘いを受けた。最近できた化石博物館の周辺には、まだいろんな化石が転がっているらしい、ぼくの従兄がアンモナイトを発見して実物を見せてくれたから嘘じゃない、ちょっとしたおみやげ程度のものならまだきっと手にはいるはずだ。新幹線の停まる駅のまえから山を切り崩した新興住宅地へ引っ越してきた、弁舌だけはさわやかな、ウィリアム・メインの登場人物にも負けないこましゃくれた同級生はそう力説し、それに、ほら、きみは小型カメラを持っていると言ってたろう、発掘現場の写真を残すのにもってこいじゃないか、と妙な方向から話をまとめようとする。彼が私に声を掛けたのは、要するに親の目を盗んでカメラを持ち出す危険を避けたかったからなのだった。

ただし、その私のカメラとは、本物でもなく偽物でもない、プラモデル屋のガラスケースに鉱石ラジオや小型扇風機などとうやうやしくならべてあったミニチュアのトイ・カメラのことで、ミノックスのスパイカメラを模した小型の専用モノクロフィルムが別途用意されており、光に恵まれ、手ぶれを防ぐ技術があればぼやけた像が写らなくもないけれど、実用性はきわめて乏しい代物だった。ましてトンネル状の採掘跡や薄暗い雑木林のなかでは、フラッシュも焚けない玩具などなんの役にも立たないだろう。にもかかわらず、発掘現場でクリーニングをおこなうまえの決定的な証拠写真を、小遣いを貯めて買ったカメラで撮影するという子どもらしい妄想に、私は打ち勝つことができなかった。

発掘ごっこのまえに立ち寄った聖なる博物館で、私たちは千五百万年まえ、まだ海の底だったというこの山地に棲息していたデスモスチルスの骨格模型を拝んでいる。以前、多摩動物園で飼育されている四不像という奇妙な名前の有蹄類の、甲乙丙丁の四種類の動物と似て非なる、いわば否定の加算で成り立つその命の不思議さについて語ったことがあるけれど（拙著『回送電車』参照）、発見当初のデスモスチルスこそは、どこにも属さない分類不能の奇怪な生きものと見なされていたのだった。

学術的に言えば、少年のころに得た知識の一部はすでに化石のごとく古びている。一八九八（明治三十一）年春、瑞浪市明世町の田んぼの畦道で、同町戸狩に住む農夫が、奇怪な石の塊を拾いあげた。動物の頭の一部のように見えるその平たい石には、珊瑚とも鍾乳石とも鉄火巻きともつかない、円柱を束ねたような不気味な臼歯がついており、石は当地の中学校教師を通じて京都大学へ、さらに東京大学へと渡った。その鑑定を請け負ったのが徳永重康で、未知の塊は、一八七六年、カリフォルニアで歯と腰骨が発見され、束ねた柱状の歯、すなわち「デスモス」と「スチロス」を合成してデスモスチルスと命名された哺乳類であると断定された。以下、デスモスチルスに関する記述は、解剖学的な見地から一篇のミステリのような鮮やかさで骨格模型づくりの過程を描いた犬塚則久『デスモスチルスの復元』(海鳴社、一九八四)と、それをよりわかりやすく書きなおした井尻正二との共著『絶滅した日本の巨獣』(築地書館、一九八九)に依拠するが、右の徳永重康による発見がどちらの本にも言及されていないのは、標本が東大から国立科学博物館に移管され、外部の研究者が触れていなかったためだろうと思われる。*

問題は、同様の臼歯を有する哺乳動物が現存していない点で、デスモスチルスは当初、ジュゴンなどの仲間、つまり後ろ脚のない海中哺乳類か、マストドンのような長鼻類ではないかと考えられていた。ところが、一九三三年、まだ日本領だった南樺太の気屯《けとん》で、おなじ臼歯を持つデスモスチルスの全身骨格が出土し、学者たちを愕然とさせたのである。なぜなら、そこには海牛類にあるはずのない四本の脚が備わっていたからだ。徳永康元が父親の業績を紹介しつつ括弧つきで記した海牛類とは、じつはすでに否定された属目なのだった。

　デスモスチルスの全身骨格は、気屯の標本から三十年以上経過した一九七七年、北海道枝幸《えさし》郡《ぐん》歌登《うたのぼり》町（現枝幸町）の河床でも発見されている。こちらは立派な成体で、いよいよ全貌の復元も可能かと思われたが、デスモスチルスと名づけられた動物は、臼歯のみならず全身骨格においても他の動物に見られない奇妙な特徴を有しており、この部位はこの動物に、あの部位はあの動物に似ているからおそらくはこういう骨の付き方になるだろうと既存の標本との比較検討に基づいて復元作業を進めてみても、骨のつきが悪かったり脱臼したままになったりする。また、関節の向きやつながりに留意して脱臼の起こらないようつなげていけばいったで、今度は動物としていびつな恰好になってしまう。四肢の爪先が向き合って、トドやアザラシみたいに前脚で膝行《しっこう》するようになるかと思えば、尾鰭がついているものもあるといったぐあいに、解釈の相違によって何種類もの復元図ができあがるというありさまなのだ。

　犬塚氏は、最終的に、さまざまな有蹄哺乳動物のデータをとって共通の法則を見出し、個々の骨の特徴や筋肉のつきかたを特定しながら無理のない姿勢に骨を組みあげる比較解剖学的な方法を採択した。その結果、デスモスチルスの姿勢は、四肢が胴体の真下ではなく側面から横に張りだした爬虫類に似ており、それが骨格の特徴から割り出したもっとも自然なものとされた。全身骨格の埋没姿勢が両開きの形になっていた事実からも、この点は立証されている。脚が胴体の下についている哺乳動物なら、倒れて海中に沈む際、脊椎の反対向きに四肢が重なるからである。哺乳類でありながら爬虫類に近いこうした体型は、陸でも海でもない浜辺での暮らしに適していたはずだ、と犬塚氏は推測している。

しかし、そのようにしてできあがった、肘と膝をとかげのように横から張りだして重心を落とし、腹をこすりそうな恰好ではじめて安定するデスモスチルスの生体復元像は、なんということか、私が見てきた瑞浪市の化石博物館のものではなかったのである。そこに鎮座していたのは、犬塚氏の先達にあたる学者が組み立てた、脚が下付きになっている旧モデルだったのだ。この三十年のうちに奇獣の骨格模型が変わっていたとは、なんたる不覚だろう。学問の進歩と言えばまことにそのとおりだが、こういう事例に出くわすと、私の記憶もそんなふうに脱臼しっぱなしの関節をぶらぶらと針金で支えたあぶなっかしい旧型模型のような気がしてならない。

一九四〇年二月、ブダペストに到着した若い日本人留学生、徳永康元が最初に受け取った故国からの知らせは、父重康の死だった。悲しみを乗り越えて勉学に励み言語学者となった息子が自身の晩年に書き残した父親の小伝の一節に触れて、少年時代の化石発掘へと記憶の時間をさかのぼり、イギリスの児童文学者が書いた小説に寄り道しながらそこに描かれた砂丘の巨大生物の化石発掘の場面に胸をときめかせたあげく、デスモスチルスそのものに連想をずらしていったこの数日間、私はまことに幸福だった。けれど、あの探検の一日に、私たちが博物館周辺の剝き出しの灰色がかった地層に見出したのは、はまぐり程度の、みすぼらしい貝の化石ふたつきりだったのである。貝が出てくるなんて、ここはやっぱり海だったんだと嬉しそうに言う口達者な同級生にけしかけられるまま、あちらで一枚、こちらで一枚と玩具のカメラで撮り溜めていったフィルムを帰ってから現像してみると、化石のバルトーク的ミクロコスモスを形成するはずの印画紙には、エインズリー少年たちを包んでいた砂丘の砂のような細かい点々がひろがっているだけで、なにひとつ写っていなかった。私がいまだに覚えているのは、命じるばかりで自分からは手を汚さないその同級生の、砂の舞う崖の下でひろげたお弁当の太巻きが、博物館の写真パネルのうえでさえなお鮮烈なあの束柱状の臼歯に瓜ふたつで、まことに気味悪かったということだけである。

＊追記——本稿初出掲載後、徳永重康氏の次男で古生物学者の重元氏から、事実関係につ

いて貴重なご教示をいただいた。また、氏のご厚意により、デスモスチルス発掘百周年を機にまとめられた、甲能直樹《Desmostylus japonicus Tokunaga and Iwasaki, 1914: 完模式標本（NSM-PV5600）研究の一〇〇年》（足寄動物化石博物館紀要、第一号二〇〇〇年）を参照できたことを記しておきたい。

ペンキ屋さんには氣がつかなかつた

まぁるくってちっちゃくてさんかくだ、という宣伝文句が耳に残っている「いちごみるく」、あるいは月着陸船を模した「アポロチョコ」のような、あえていえば三角形の角をただまるくしただけの意味ありげな形をかつてはあちこちで見かけたものだが、丸と四角形を関係づける錬金術的な様態はさすがに存在しないだろうと信じて生きてきたある雨の日、アーケードつき商店街の入り口に華々しく陣取っていた台所用品の屋台売りで、私は四角いゆで卵に出会った。こんな悪天候なのに客寄せの必要な屋台なんて出るはずがないというのも、浅はかな思い込みのひとつである。じっさい、天を覆う半透明の雨よけさえあればなんの問題もないわけで、五、六人の子連れ女性、それも毎日お弁当をつくっていそうな後ろ姿のお母さんたちの頭の列のむこうにぬっと突きだしている五角形顔の売人の口上にひかれて、私はふらふら人垣に近づいていった。

さあ、びっくり仰天、おそれ入谷の鬼子母神とはこのことだ、奥さん、あのね、うで卵なんて言わないでくださいよ、ゆで卵ですよ、ゆで卵、うでるなんて婆くさいじゃないの、いまどきどこのだれがうで卵なんて、え？　おばあちゃんがいまでも使ってる？　ほおら、やっぱり婆さんじゃないのよ、ま、どうでもいいけどさ、問題は、卵ぎらいのお子さんたちに、いったいどうやって、あの独特のくさみのあるゆで卵を食わせるかってことだ、奥さん、聞いてる？　どうやったらわがままな子どもらに食わせられるかって。なに？　星形にくりぬく？　そいつはもう古いよ、なんの効果もありま千年亀は万年、これからは、奥さん、四角い卵の時代です！

夕刻、仕事帰りの中年男が通り過ぎるにはやや不自然な時間帯であったにもかかわらず、私を堂々とおばさんたちのすぐうしろまで近づかせたのは、もちろん最後の一句の微妙ないかがわしさである。四角い殻に包まれた卵なんて、あきらかに不可能の代名詞だ。かりにそんなものがあったとしても、角のある卵がどうして母親の大切な器官を傷つけずに生まれ出ることができようか。卵という球体と四角の関係は、円と等しい面積をもつ正方形を定規とコンパスを用いて描くことはできないとする円積問題、または円正方化問題と呼ばれる解決不能の命題を思い起こさせる。それはいまこの文章を書いているマッキントッシュ「Quadra700」の、その名のとおり四角い箱型の機械が、いったん殻の透きとおったカブトムシ型に進化したのちふたたび四角に退化していった経緯を も連想させずにおかない。四角と円の二兎を追うのは、やはり無理なのである。しかし、そこにゆでて殻を剝くという作業を介在させると、ありえないことがなんとなくありそうなことに変容し、あまつさえ殻そのものが最初から四角だったかのような錯覚が生まれるのだ。

ともあれ、白衣をまとった香具師まがいのおじさんの巧みな弁舌を堪能したあと、おなじアーケード商店街のなかの古書店の均一棚を漁っていて、それだけカバーがなかったので逆に目についた『ABC殺人事件』（中村能三訳、新潮文庫、一九六〇）をなつかしさのあまり抜き出して開いてみたら、第一章の冒頭で、ロンドンのモダンなアパートに住んでいる名探偵ポワロを訪ねたヘイスティングズが、「こんな特殊な建物をえらんだのは、厳密な幾何学的外観の調和のためにほかなるまい」と友人を難じていた。「この均斉はじつに気持がいいよ」。ポワロが平気な顔でそう応えると、「これではあまり四角四面すぎる」と考えたヘイスティングズは、「こんな超モダーンなアパートでは、牝鶏に四角な卵をうませるのではないか」とさらに茶化す。だがポワロは言う。「ほう、きみはまだそんなことをおぼえているのか。残念ながら、だめだね——科学は、まだ、牝鶏を現代的な趣味に合致させるところまでいっていないのだ。牝鶏どもは、あいかわらず、いろんな大きさや、いろんな色の卵をうんでいるんだよ……」。

そのとたん、わが貧しき灰色の脳細胞が活性化しはじめた。四角い卵の話を聞いた直後に、こんな一節を目にしたという偶然に驚いたのではない。むしろこの経験豊富な翻訳者が選択した「四角な」という訳語のほうに私は引っかかったのである。その直前まで、けっして若いとはいえない売り子のおじさんの口から、四角い、四角い、四角いの連弾を浴びて、くたくたした脳味噌がすっかり四角く固まりかけていたころあいだっただけに、いっそう敏感に反応したのかもしれない。

四角は名詞でも、そこに「なり」をつければ形容動詞となって、「四角な机」「四角な文字」のように用いられるのにたいし、形容詞化すると「四角い」になる。『ABC殺人事件』は一九三〇年代に書かれたクリスティの代表作のひとつだから数多くの邦訳があり、たとえば中村訳を百円で仕入れたあと新刊書店で手に取った最新の「クリスティー文庫」に収められている堀内静子訳や、創元推理文庫の深町真理子訳では、該当箇所が「四角い」となっていた。

あまりに些末なことだからこれまで考えもしなかったのだが、「四角い」と「四角な」では、意味に大差はないとしても、語感がかなりちがう。しばしば外国語の初級文法にでてくる、口のかたちと舌の位置を示した発音手引き図にあるように、脣を横に開いて口を閉じ気味にしたものとまではいかなくとも、前者の「い」は、「あ」の音が入ってくる前者よりきつめの音になる。これはたんなる推測だが、私と同世代かそれより下の世代で「四角な」を常用している者は少数派ではないか。四角い箱、四角い窓、四角い家。四角はたいてい形容詞として私たちのまえにあらわれてきた。だから、「四角な」は、「四角い」にくらべてやや古風な印象を与える。卵が先か鶏が先か。「四角な」が先か「四角い」が先か。個人的な好みを言わせてもらえば、不可能の象徴を表現するのによりふさわしいのは前者のような気がするのだが、はたしてどうなのだろう。

いま手もとに、『四角な卵』と題された永井龍男の小説がある。昭和二十九年の九月から十二月まで朝日新聞に連載され、翌年、文藝春秋新社から刊行されたものだ。主人公は羽島という元出版社の社員で、現在はクリーニング店の営業まわりをしている。雑居ビルの管理人をしている老人に口を利いてもらおうとしたのがきっかけで、羽島は地元の実業家のところへ出入りするようになるのだが、その家にいた、銀座で引き抜かれたという若い女性が老人の姪っ子だと判明し、彼女をなんとかものにしようとする実業家のなりあがりぶりがすこしずつ明らかにされていくうち、老人が行方不明になって思わぬ事件へと発展していく。全十二章で構成された作品のどこにも題名と直接かかわりのある出来事はない。ただ、ありえないものの筆頭として遊女のまごころを、もしくは遊女そのものを意味する熟語の含みがあるきりで、あとはおそらくこうなるだろうという予想どおりの展開をたどって、不穏な香りはいささかも立ちこめてこない。ヘイスティングズの言いまわしを借りれば、とても清潔ですっきりしている反面、「あまり四角四面すぎる」きらいがあって、「四角な」に寄せる私のほのかなあこがれは、永井龍男の端正さとともにいったん消滅したと言わざるをえなかった。

ならば「四角い」ほうはどうだろうか。作家の想像力はまことに不思議なもので、じつは室生犀星に、まるであつらえたかのように『随筆 四角い卵』と題された一書があるのだ。昭和三十七年に新潮社から出ているこの散文集の「あとがき」で、犀星は書いている。

表題の「四角い卵」は別に大した意味はなく、思ひついてその儘「四角い卵」と命名した。書物の名は急速にさう名稱された時の外は、あまり考へすぎるとぎこちなくなつて了ふ。つまり圓い卵の反對側に四角い卵が見えてくるのである。

犀星の文章は、ときどきゆがむ。それが逆に読者を惹きつけるのだが、この短い一節にも、わかったようでわからない半透明の、それこそゆで卵的な感触がある。「急速にさう名稱された時の外は」のあと、「あまり考へすぎると」を取り払うと文意がすっきりするような気もするし、そうでないような気もする。言葉づかいにひっかかるのか論理にひっかかるのか、「急速に」読んでいる「時の外は」わからなくなってしまう。眼目は、「つまり」という接続語にあるのかもしれない。考えすぎた結果、すんなりまるく収まるはずだった楕円形のシルエットをきれいに取り囲む長方形が見えてくるのだ、と言いたいのであれば、突然ひらめいたとする冒頭と矛盾をきたすのはあきらかで、だからぎこちない事例のひとつに数えあげてもいいはずなのに、なぜかそういう扱いはされていない。おまけに「四角い卵」は収録作品から取ったものではなく、この本のためだけのタイトルなのだ。卵の楕円をわきにおいて四角に関係するものを探っても、いちばん最後に置かれたエッセイ「私の文學碑」の、文学碑を建てる敷地が長方形だったという逸話くらいしか見当たらない。

本書所収の小品が新聞雑誌に発表されたのは、昭和三十四年から三十六年にかけてで、一九六二年、すなわち昭和三十七年に亡くなった犀星七十代の、文字どおり最晩年の言葉になる。ものを書きはじめてほぼ半世紀、それだけの経歴を積んでも、いま書いている文章が勝負の一作であり、将来どうなるのか予測もつかない、とにかく死なずに毎日を頑張って生きて書くだけだと胸を張る犀星の、「晩《おそ》かつた五十年」と題された、集中もっとも軽妙な、しかしみずからの半生を振り返ってどこかうっすら日陰干しの匂いもする言葉の表情には、抗しがたい魅力がある。作品発表の機会がなかなか得られなかった文学青年のころ、広告や宣伝文の拙劣な文章を見るたびに、自分に書かせてくれないものかと犀星は念じていた。しかし、ついにその願いはかなわなかったと述べてから、こうつづけている。

今日、私は散歩しながら川べりをつたつて行くと、背後から來た自轉車が私に近づいて一人の商人らしい人が、モンロー・センセイではありませんかといひ、私はモンロー・センセイであることを認めてうなづいて見せた。その人は實はかういふ往來でお頼みするのは失禮ではあるが、私は碓氷山中の山椒の實を採集してそれを佃煮に加工する業者である。山椒の實は寒冷な山土に育つてにほひは芳烈、まことに天下の佳肴でありますが、それについてモンロー・センセイにご依托したい事がありますが、ここでこの由を申し上げてよいかどうかと、この業者はあらかじめ意向をたたいたので私はどうぞと言つた。

嗚呼、モンロー・センセイ！　毎年、夏の三カ月ほどを信州の山小屋で過ごしていた犀星の、その夏の一日の出来事ではあろうけれど、老人と呼んでもおそらく失礼に当たらない年齢の男性を、自転車に乗ってなおかつ「背後から」詩人であり小説家でもある人物と認識したこの佃煮業者の眼力はなかなかのものだ。頭のなかではまちがいなく室生犀星であることを彼は判定しているのだし、昭和三十年代後半の軽井沢周辺とくれば、ほとんど犀星の地元といってもいいわけだから、佃煮業者がムロウの読みを知らなかったはずはない。彼としては正しくムロウと発音したつもりが、当の犀星にはモンローと聞こえたのだろう。西洋の女優の表情やしぐさを観賞するべく、月に何本か映画を見る習慣を保っていた犀星の耳には、まことに濃艶な響きであったと思われる。山椒は小粒でぴりりと辛く、「にほひは芳烈」。モンローの名にその香を嗅いだとしてもおかしくはない。業者の頼みとは、こんど佃煮を「木のまげ物や小箱に入れて」販売しようと思っているので、「山椒の實の佃煮は朝もよし、夕のお茶づけにはいかにさつぱりとしたいかに好個の食品の友であるか、を美文で構想を述べていただきたい」というもので、要するに原稿の依頼、いや、五十年まえにあれほど欲しかった宣伝文の依頼なのだった。

ところが、その待ちに待った依頼を、犀星はきっぱりと、ではなく、丁寧に、間接的に断ってしまうのだ。もともと胃が悪く、ふだんから塩分も控えているため、広告文の構想が浮かばない、正直に胃に悪いと書くわけにもいかないから駄目である、と。山がちの国で育った私は、山椒は健胃生薬だと教えられたものだが、佃煮にするとその効能が薄れるのだろうか。塩分が多くても薬としての力で相殺できるのではあるまいかと、つい明後日のほうへ夢想が走ってしまうのをなんとか抑えて、とりあえず犀星の言葉を信じることにするけれど、彼はそのとおりに断りを入れてから、「町のペンキ屋さんなぞはいつも即妙の文章を書いてゐるから、ペンキ屋さんに頼んだらどうか」と、禅問答のような身のかわし方をしてみせた。現実に町の看板に即興で宣伝文句を描き込んでいるのを見たことがあったとしても、いまの世で言えばコピーライターに相当する文章などとても私には書けませんというふりをしての、これはもちろん謙遜だったろう。すると、あれほど熱心に頼んできた山椒の佃煮業者は、「ペンキ屋さんには氣がつかなかつた、さつそくペンキ屋さんに頼んで見ませう、ハイ、これは失禮と、再び自轉車に馬乘りに乘つて町に向かつて疾驅して行つた」。犀星は動じることなく、「全く五十年晩かつた感慨であつた」と一文を締めくくっている。

他方、読者たる私は、モンロー・センセイこと室生犀星の詩文を、まるで方向のちがう町のペンキ屋の才能と同列にあつかって恥じ入る気色すらない佃煮屋の不作法に怒り呆れつつ、この飛躍に満ちた組み合わせの馬鹿らしさのうちには、おそらくは現代でもその痕跡が残っている言葉の位相の強引な平準化に似たもの、つまり四角い円や四角い卵に通じるものがあるのではないか、と思うのだった。佃煮屋の発言は、AからBへと、物のほんとうの価値ではなく、たんなる利便性だけに釣られて平気でひとを裏切っていくようなさもしい世の動きと連動しているのだ。

ただし、室生犀星をモンロー・センセイと呼んだだけで、これはもう、正宗白鳥にセンセイのお名前は菊正宗と関係があるんですかと問うた深沢七郎以上の笑いと衝撃を生み出しているといってよく、このとき「四角い」という形容詞は、犀星の筆とともにゆで卵の殻の下にある薄い半透明の膜を張って、その裏側からなんとも言えない光を放ちはじめる。こうなればもう、「四角い卵」は、当意即妙さの欠如において「四角な卵」に先んじている、と結論せざるをえないだろう。

ところで、アーケードつき商店街の、あの五角形顔のおじさんが売っていた「四角い卵」とはいかなる代物であったか。これが呆気にとられるほど簡単な仕掛けで、卵を固めにゆでて殻を剝いたあと、適度な大きさの「四角い」透明なプラスチックケースに入れ、十分ほど放置しておくだけのことなのだった。黄身もちゃんと四角になるので、形状のみならず中身にも子どもたちはいちように感動するらしい。あの日、不可能をただしつきで可能にするこのおそれ入谷の鬼子母神的装置は、いったい、いくつ売れたのだろう？

船便で届いた古書の箱を嬉々として開けていたら、緩衝材がわりにくしゃくしゃまるめて突っ込まれていた新聞紙の見出しが目にとまった。本来の役目を果たしたあとだとはいえ、二、三カ月の過酷な船旅のあいだ湿気や衝撃から本を守ってきてくれた古新聞を私はどうしてもただの屑と見なすことができず、一枚ずつひろげて皺を伸ばし、日本の新聞といっしょに古紙回収にまわすのを習慣にしているのだが、引っ越しの本の片づけとおなじように、読まなくてもいいものをつい読みはじめて墓穴を掘ることもすくなくない。梱包材料として選ばれるのは、たいていの場合、大新聞ではなく活字が大きくてカラー写真もふんだんに使われた地方紙やフリーペーパーのたぐいだから、ものめずらしさも手伝ってなかなか中途で止められなくなる。

ところが、そのとき入っていたのは真面目な「ユマニテ」紙で、気になる見出しの文字は、二〇〇三年六月五日と日付のある紙面の、ちいさな訃報欄に刻まれていた。「コンサートピアニストのナディア・タグリーヌさん、六月一日、八十五歳で死去。スコラ・カントールムおよびパリ国立音楽院で教授をつとめた」。ナディア・タグリーヌ……。私は皺だらけの紙に浮かんでいる文字を、じっと見つめた。一九一七年生まれということは、一九四〇年代の伝説的なラジオ教養番組に出演していたころはまだ二十代で、なるほど「お嬢さん」と呼びかけられるにふさわしい年齢だったわけだ。

古書店ではなくアンティークショップの書棚やライティング・ビュローのうえにしばしば掘り出しものがある、というのは古本好きのあいだでは常識だろうけれど、銀食器やぬいぐるみにまじってすぐにもばらけそうな仮綴じ本が置かれていることはめったにないし、店頭のワゴンに投げ入れてある雑本のたぐいはなぜかつねに私の興味関心からずれていた。高価な革装本や稀覯本を漁っているわけではないので、欲しいと思うものは、本ばかりならべた店、すなわち書店か古書目録のなかでたいてい見つかってしまうのだ。

しかしあとにも先にも一度だけ、例外的な体験をしたことがある。それが十数年まえ、なんということもないパリの古道具屋で見出した、ロラン＝マニュエルの『音楽のたのしみ』（スーユ社）だった。一九四七年に第一巻が出て、順次第四巻まで刊行されていったこのシリーズは、アルベール・ルーセルとモーリス・ラヴェルに師事し、一時は「六人組の七番目」と呼ばれていた作曲家にして該博な音楽史家、そしてパリ音楽院の教師でもあったロラン＝マニュエルことロラン・アレクシ・マニュエル・レヴィが、若き女性ピアニストのナディア・タグリーヌを相手に、毎週日曜日、午前十一時からラジオ・フランスで放送された一般向け音楽番組でのやりとりを活字に起こしたもので、第一巻が「音楽の要素」、第二巻がベートーヴェンまでの「音楽の歴史」、第三巻がそれ以後の「音楽の歴史」、第四巻が「オペラ」に割り当てられている。毎回、というわけではないけれど、ロザンタール、プーランク、オーリック、オネゲル、バルビエといった、原則として内容にふさわしいゲストが登場し、華美ではない華を添えているところも大きな魅力のひとつになっている。

ただし、これは学生時代に読んだ、一九五〇年代の吉田秀和訳（白水社）を通して頭に入っていたことで、その日、その時まで、私は原書を見たことがなかった。版元に問い合わせてみたこともあったけれど、とうに版が絶えていたし、あのころ参照しえたごくわずかな古書目録のなかでも出会う機会がなかったのだ。そもそも十九世紀末に生まれた男性と二十世紀初頭に生まれた二十歳ほど年下の女性の、ほほえましくかつ知的な対話をみごとに再現する日本語をすでに所有しているのだから、無理をしてまで原書を手に入れる必要はないだろうと考えてもいたのである。

それが、薄手の樫の合板を使った低いキャビネットのうえにある、くねくねした文様の陶製ブックエンドにはさまれたまま、全巻四冊揃いでこちらに背をむけていたのだった。正確には揃いではなく、第三巻だけが書名も著者名も刻印されていない黒革の背表紙で装丁されており、残り三冊は袋とじのまま頁が切られていなかったため、結果的にその装丁本だけが立ち読みを許してくれるという皮肉なことになっていたのだが、売りものであることをたしかめてから本題に入ると、半端なものが一冊まじっているがゆえにぜんたいの調和が乱れて価格が下がるという古書界のルールだけはなぜか有効で、店主によれば、あちこちから自然と集まってきたものをまとめただけのことらしい。一巻は二冊、四巻も二冊あったのに、どうしてだか三巻はこれだけで、おまけに革装だったんですよ、と本が専門ではないそのひとはあまり興味もなさそうに教えてくれたものだ。覚悟していた額より、はるかに安かった。年来の夢を、私はそこでかなえることができたのである。

くしゃくしゃになった新聞の訃報を目にしてその店の様子を思い返しつつ、一方で私は、活字を通してしか知らないこの女性のイメージを、ピアニストではなく往年の大女優のように、ずいぶんふくらませて記憶していたことに気づかされてもいた。訃報を見てまず驚き、享年を確認して二度驚き、ついこのあいだまでそのひとが生きていたことじたいに三度驚く。それとよく似た心の動きだったかもしれない。ともあれその晩、私はロラン゠マニュエルの『音楽のたのしみ』の原書と邦訳をならべて、とりあえず第一巻を開き、ある章は吉田訳で、ある章は原文でつまみ食いするように読み返しながら、後ればせの追悼気分にひたった。

このシリーズはたしかに「活潑な議論の報告書」であり、「その議論の和らげられた反響」(以下、引用は吉田訳初版による)にはなっているけれど、各回の導入部は、いかにも自然な流れを装いながら、この先で発言してもらうゲストにちゃんと話を振ることができるよう言葉が選ばれており、まったくの憶測を口にすれば、よく練られた台本があって、ある程度以上それに添って進行しているとしか思われないほどである。時間のかぎられた放送の枠内でこれだけの内容を繰りひろげるには、そのくらいの準備があってしかるべきだろう。かたちのうえでロラン゠マニュエルが主導者であることは否定しようのない事実だが、協力者としてその名が明記されている事実からもわかるように、ナディア・タグリーヌの存在はきわめて重要で、その証拠に、「音楽はどこからきたか?なぜ音楽をするのか?」と題された、記念すべき第一巻第一話の最初の発言は、彼女によってなされている。番組のはじめにまずヨナキウグイスの声が流され、つづいて以下のような会話がなされていく。

ナディア・タグリーヌ　本当にうっとりするような音楽だわ！

ロラン－《[ママ]》マニュエル　いまきいたもの、実際とてもきれいですね。ところで、あなたのお考えだと、あれは本当に音楽ですか？

N　わかりませんわ……。あのナイティンゲールは気持のよい音の一つの全体をつくりだす。わたしの耳をよろこばせ、わたしも楽しくきく、これが音楽じゃないのでしょうか？

R－M　それじゃ、頬をなぜるそよ風や小川のせせらぎでも、同じふうにおっしゃる？

N　どうしてそういっちゃいけませんの？

R－M　なるほどそういったものにはみんな音楽の要素はある――音楽への約束はある。けれどもこの約束が果されるには、そのいろいろな要素が整理されてなければなりますまい。ところが風や鳥や小川は自分だけでは整理できない。

音楽は自然現象じゃない。人間の産みだしたものです。芸術です。

N　《耳に快いような仕方で音を組合わせる芸術（技術）》。

R-M　すばらしい定義ですな。耳に快いような仕方で音を組合わせる芸術――お望みでしたら、それに《音を時間の中で整理する》ということをつけくわえましょう。というのは、一つの音、または別々にきかれたいくつかの音は、まだ音楽じゃないのだから。

音楽のたのしみを語るまえに、音楽とはなにかを定義する。一般向けであればあるだけ、こうした前提となる語義を明確にしておくことが必要だと彼らは考える。ロラン＝マニュエルが音楽家や学者だけしか知らないような専門用語をつい口から滑らせると、ナディアがすかさずそれを差し押さえて、よりわかりやすい言葉に言いなおさせていく。彼女自身もピアニストなのだし、専門知識はじゅうぶんあるにもかかわらず、ここではみごとなお芝居をして相手の肩の力を気持ちよく抜いてみせる。訳者が「まえがき」のなかで、「この人は中々の論客で、当代の教養ある音楽家ロラン＝マニュエルを相手どって、時としては頑強に自説を持して譲らない。しかもそういう時でも、またおとなしく御高説を拝聴する時でも、実にのびのびした、自由な爽やかな物腰が感じられます。一応は素人の立場に立ってものをきく側に立っているのですが、決して卑俗にならない。そうして音楽院のしっかりした教育をうけた耳で判断する」と的確に書いているとおりの印象だ。彼女の役回りは補助というよりむしろ明るい産婆であって、よりわかりやすい言葉で言い換えたくなるような受け応えをしながら、ロラン＝マニュエルから印象深い定義をいくつも引き出している。たとえば第一話では、先の《耳に快いような仕方で音を組合わせる芸術（技術）》という発言が、「この作曲〔composer 組立てる・構成する〕という言葉が何もかもいっている。作曲するとはいろいろなちがった部分で一つの全体をつくることですからね」という再定義につながっていくというぐあいに。

学説としては古びているところもあるだろうけれど、西洋音楽の歴史に関する、これほどわかりやすく、これほど豊かな概説書を、そしてまた、概説の域を超えるやわらかな深みに満ちた言葉を私はほかに知らない。ナディアのものであれ、ロラン＝マニュエルのものであれ、ゲストのものであれ、心にながく留めておきたい指摘があちこちにある。たとえば「序曲」をめぐる第二十話で、同席しているP・スフチンスキーが「序曲は、音楽的霊感の分離に照応しうる。また本来は、一連の想念と予定された展開とを総合しうる一つの作品の先ぶれに役立つべき序曲が、一般に、最後に作曲されるのもこのためです」と述べたのを受けて、ロラン＝マニュエルは少し先で言う。「一つ、それもすばらしい曲のことだけを挙げておきましょう。ウェーバーのオベロン序曲です。この傑作は、全然即興みたいな観を呈していて魔法のような魅力をもっていますが、音楽がもっている危な気なく、未来を先廻りし、確実に事件を見透す異常な力をよく示しています。ポール・ヴァレリーがいったように、未来の断片でもって現在を構築する力」を。じっさいのところ、各話の最初の台詞はそれぞれ「序曲」の機能を果たしていて、結末からもとにもどって用意されたとおぼしき座りのよさがある。掛け合いの妙が「まくら」の役割を消さずにうまく先へと言葉を運んでいくのだ。

また、多少の既視感があるとはいえ、形式についての議論はとくに示唆に富んでいる。「最も一般的な意味でいえば、形式とは、あるものの存在するその仕方です。存在または挙動の様態です」とロラン＝マニュエルは説明するのだが、ナディアの要請ですぐに言い換える。

R－M（略）われわれは、この形式をなりたたせる存在乃至は挙動の仕方は本質的にはある作品の外面にあるのではないこと、それから形式の本質は、その作品をなりたたせまたは完成するところの原理、即ち創造的精神の中にあるということを認めるのです。

N　ふん！　これは前よりずっとはっきりしていない。

R－M　でも、わたしにははっきりしていると思われる。……いいですか、形式は、本質的には、ある素材の中に浸透している知性の刻印であるといったらどうですか？

Ｎ　こっちの方が、大分いいですわ。

たいていはこんな調子で、やりこめたりやりこめられたりしながら、ふたりの対話がつづく。最終的には、形式の本質が「内面の精神のかくされた秩序を物質でもって、目に見えるように飜訳したものだということです」と説かれて収まるのだが、いまから半世紀もまえに、教師と生徒といっていい年齢差とキャリアの差がある男女が、公共の場を借りてこれほど自由な言葉を投げ合っていたという事実に触れうるだけでもこの本を手に取る価値はあるだろう。訳者が参照している初版の帯封には、ナディアの「アンテリジャント」な顔写真がついていたそうだが、それを目にしたことのない私には、彼らの、場合によっては睦まじいと評したくなるやりとりが、ほとんど一本のモノクロ映画として記憶されていたのかもしれない。古本屋が適当にまるめて放り込んでくれた新聞の訃報から見たこともない女性の顔がはっきりと浮かんできたのは、たぶんそのせいだろう。

ただ、ナディア・タグリーヌからロラン＝マニュエルへの連想にはもう一本べつの糸が出ていて、前者の死をさかのぼって知らされなければ、『音楽のたのしみ』にからめる題材として私はそちらのほうを優先していたと思う。ロラン＝マニュエルにはシュザンヌという妻がいて、じつは彼女が一九四六年に、エディシオン・デ・ドゥ・リーヴから、戦時中に書きためていたとおぼしき小説を発表しているのだ。もちろん彼女が高名な音楽家の配偶者であることを古書目録の記述かなにかで教えられて買い求めていたのだが、恥ずかしいことに、先のくしゃくしゃの訃報を見出すまで、半分弱を読んだまま、何年ものあいだ残りの頁さえ切らずに放っておいたのだった。そこで、B6サイズの、一頁にびっしり文字がつまった全六七一頁におよぶ大冊、題して『悪魔のトリル』を、この際、せっかくの機会だからと最後まで読んでみた。タイトルにタルティーニのヴァイオリン・ソナタを選ぶあたり、さすがに音楽学者の妻ではある。

しかし、ここでは中身にまで踏み込まないでおこう。未開封の頁のなかに、ちょっと衝撃的な新聞の切り抜きが入っていたからだ。毎年十一月に決定されるゴンクール賞の候補作に関する囲み記事で、この大冊も候補に挙げられているのだが、書き手は同情をこめて、ただし多少辛辣にこう書いていたのである。本作はひとつの発見となりえただろうに、結局はだれも読まず「栄光の冥界に横たわっている」と。切り抜きまでして本を買い求めた人物は、ほんの数頁で読むのをやめてしまったらしい。

一七三〇年代のある晩、タルティーニの夢に悪魔があらわれた。ふと思いついてその悪魔にヴァイオリン・ソナタを弾かせてみたところ、これがまことに壮絶な演奏である。タルティーニは、その節まわしをなんとか採譜しようとしたのだが、その瞬間に目が醒め、肝心の節は二度と思い出すことができなかった。そんな逸話を披露して、ロラン＝マニュエルは「第五話」でこう述べていた。「《悪魔のトリル》というソナタが演奏こそむずかしいが、ぜんぜん悪魔的なものをもってないのは、そのタルティーニの努力がむだだったからです」。

＊『音楽のたのしみ』は、その後、白水Uブックスから二〇〇八年に四巻本で復刊された。

落下物について

飴色の肉からほくほくわきあがる湯気と自分の口から吐き出される白い息がまじりあうようすだとか、こんがりからりぱりぱりと仕あがって芳ばしいかおりを放っているところはそのままぜんぶかじり、ちょっとしなくさい臭いの残っている部分はうまく避けて、皮の裏に張りついた実だけをこそげ落としながらたいせつに食べたりするときかじかんだ指が動かずにいらいらする感触だとか、いまでは近隣への迷惑を考慮してめったにやらなくなった落ち葉焚きに突っ込んでおいた煙くさいものを食べようか食べまいか思案しているときのさみしさだとか、そんな記憶ばかり残っているせいか、私は子どものころから、焼きいもといえば冬、冬といえば焼きいもだ、と信じて疑わずに育った人間である。

正しくは「石焼きいも」でなければならなかったのだが、考えてみれば、直火を避ける石焼きは湯煎のような間接法のひとつで、なにごとにつけ直接的なおこないを疑ってかかろうとする者には、まことに理想的な調理法なのだった。石焼きにするといもに多くふくまれたβ－アミラーゼが澱粉を分解し、マルトースに変わる効率がたいへんよくなる、といった豆知識がこの季節になるとさかんに紹介される。さつまいも普及の立て役者、青木昆陽の名がそんな文脈で口にされるたびに、ほかならぬその名前のなかに芋ではなく昆布が、すなわち簡便このうえない万物の味の素になる調味料誕生にひと役買ったあの海草がふくまれていることに深い感動を覚えるのだけれど、いまなぜ焼きいもの話をしなければならないかというと、大人になってはじめて出会った愛すべき近所の定置焼きいも屋が、先日、まるで粗悪なうま味調味料をふりかけたみたいに、ふいに姿を変えてしまったからである。

焼きいも屋といっても、ほんとうはただの八百屋だ。本業は店舗の上につくられたアパート経営のようだから日々の暮らしには困らない程度の収入があるらしく、商売気はほとんどない。しかし、だらだらと夜の十一時くらいまで開けているので、まだ大手スーパーの深夜営業が一般化していなくて、調理中になにかが足りなくなったころには、ずいぶん重宝した。玉ねぎ、バナナ、シイタケ、地場のブロッコリ。そんなものを、夜中にぽつぽつと買っていた数年まえの秋、店の隅にダルマストーヴみたいな鋳物がでんと置かれているのに気づいた。

最初は、本物のストーヴだと思っていた。店のまえを通るたびに、腰から下しかないひらひらしたレース編みふうの縁飾りがついたエプロンのポケットに手を突っ込み、突っ込んだままじっと火に当たっているおばさんの姿を眼にしていたので、なんの疑いも抱かなかったのだ。ところがある晩、なぜかゼリーを作ろうと思ってゼラチンを買いに行き、埃をかぶった黄色い箱を受け取ったとき、ストーヴに煙突がないのを不思議に思ってたずねてみると、それは石焼きいも用の釜だよ、とおばさんが言うのである。

よくよく見れば、店裏の住居につながる上がりかまちにたいして四十五度の角度に立て掛けられている箒の柄のところに、「焼きいも一ヶ二百円」という手書きの札がある。ああ、道理で、とつぶやいたその意味をおばさんは勘ちがいして、ほんとは二百五十円だっておかしくないものだけど、これは特別サービス、屋台で買ったらもっと高いよ、と弁明をはじめた。近所の小学生も買えるよう値は控えめにしてあるらしいのだが、その子どもたちを当て込んだお菓子でさえ埃をかぶっている始末なのだから、値つけの根拠はどうもあやしい。

とにかく、ひとつ買ってみた。ゼラチンの箱はむきだしのままなのに、鋳物の重そうな蓋を開けて取り出した、ひょろりとした朝鮮人参みたいな焼きいものほうは新聞紙

――日経だった――に包んでくれる。道々、我慢できずにかじってみると、格別おいしいわけではない。でも、移動式の屋台とちがってそこにいけば焼きいもがあるという安心感のせいだろうか、その味にはなにかしら落ち着きがあった。以来、私は、そこで貧相な焼きいもを、自分だけではなく家族のためにも買うようになったのである。

ところがこの冬、ひさしぶりに立ち寄ってみたら、釜の姿がどこにもない。処分しちゃったの、とおばさんはこともなげに言う。採算に合う合わないんじゃなくて、残ったおいもばっかり食べなきゃなんないから、もう飽きちゃって。そうですかあ、と私は嘆いた。じつは、駅のちかくで、ガス式の、キャスターがついている軽そうな「焼きいも機」を見かけたんです、派手なのぼりまでついていて、これからああいうのが主流になったらいやだなあと思ってた矢先だから、よけいに残念です。

焼きいもすくなく短時間で仕あがるガス式は、その効率のよさにおいて古式ゆかしき湯煎の血統から遠く隔たっている。おしゃれな袋に包まれた焼きいもなんぞに、どうして食指が動くだろう。冬は焼きいも、焼きいもは石焼き、そして火はガスではなくて木っ端を燃やしておこすものだ。そのとき抑えた私憤が、あっけらかんとしたおばさんの店先でまたふつふつと湧きだし、百万力の大男だったら、釜を引き取って帰ったのにと無念やるかたなかった。

もっとも、これが木っ端をくべてごうごうと火を焚いている小型トラックの荷台にあるような窯だったら、そんな夢も抱きようがないだろう。年中ぼんやりしていて、いろんな場所でいろんなものにぶつかり、蹴つまずいては転び、大事なものを落としつづけているので、買ったばかりの焼きいもを口をつけるかつけないかで地面に取り落としたりするようなヘマは日常茶飯なのだが、奇妙なことに、どじを踏むだけではなく、似た者の失敗の現場にしばしば吸い寄せられる。類は友を呼ぶのだ。

雪の気配が近づいていた夕刻、仕事帰りに寄り道をしていたら、前方の軽トラックから、あのいがらっぽいエンドレステープの口上が聞こえてきた。移動式の焼きいも屋が使っている呼び込みテープの内容は、一律ではない。学生時代に親しんでいたのは、「いー、い、やあー、き、いもー、いーし、やーき、いもー、やーきいもー、いも、いもだよ、いも、いもだよ、いーしやーきの、やーきたーての、おいも、おいも、やき、い、もおー」という、どこかしら北国の訛りが入っているものだった。しかし引っ越しを重ねるうちにこれとおなじ文言、おなじ節まわしが生活圏から消えてしまい、だからこそ十数年ぶりになつかしい言葉のはずみを耳にしてすっかり懐旧の情に浸った私は、こうなったらなにがなんでも一本買わねばとあとを追いはじめたのだが、そのとたん、なにかにつまずいて華々しく転んだ。あたりを見まわすと、お屋敷の塀と丈の高い保存樹のせいでただでさえ薄暗い道に、不揃いな長方形の物体がぽつぽつと落ちている。足もとを探ってつまずきの原因を探ったのと、のろのろと進んでいく焼きいも屋さんのトラックの荷台から木っ端が地面に転がってからんと乾いた音を立てたのが、ほぼ同時だった。

エンドレステープの騒音にその音がかき消されているのか、移動焼きいも屋さんはまるで気づかないようすである。こんなものが散らばっていては、もっと大きな事故になりかねない。私はあわててそのいくつかをひろいあげ、トラックのあとを追いはじめた。いや、追うつもりで木を拾いあげようとした。しかし予想をうわまわるその重みと汚れと右肩にかかっている鞄が気になって、まえかがみの作業がはかどらない。あんなにのろいと思っていたトラックなのに、こちらが動きを止めると意外に速いことがわかる。そして速いだけでなく、左右に蛇行している。そのとき、背後から、危ないですね、と声がのびてきた。やはり仕事帰りらしい、初老の男性だった。

「つまずいて転んだらたいへんだ」

「あ、もう、転びました」と私。

「え？　そうですか」と男性はやや顔を引きつらせ、「自転車やバイクが乗りあげたら命にかかわりますよ、わたしが拾って脇によけておきますから、車を止めに行ってください」とつづけた。

両腕に木材を抱えているのですぐには走り出せず、といってそのひとの姿形は私より二まわりは年上のようでもあるので、あなたが走ってくださいと頼むわけにもいかず、そうしましょうと素直に応じた。重い荷物を電信柱の根っこのところにばらばら放りなげ、見た目よりもはるかに速い蛇行トラックを追いかけて私は走り、ようやく追いついて運転席のガラス窓をノックしようとしたら、なんと焼きいも屋のおじさんの首がかくんかくんと船を漕いでいる。居眠りしていたのだった。電信柱がまた迫っている。ゲンコツではげしくガラスを叩きつづけたその音で、やっと眼を覚ました焼きいも屋さんは、私の形相に気づいて急ブレーキを踏んだ。

こんな場合、最初にどういう言葉を発するべきか、急いでいるのに迷う。こちらが謝っているみたいで変だから、すみません、とつい口に出しそうになるのをこらえて、あたりさわりなく、あの、と私は呼びかけた。

「あの、大丈夫ですか?」

「あ、はい。あ、どうも」

「荷台から木っ端が落ちてますよ、むこうの、坂のほうからずっと」

「え? あ? お、こりゃまた」

焼きいも屋さんはすぐ車から降り立ち、後ろを振り返って、私をして薄暗がりの道を走らせた協力者が身振り手振りで「ここ、ここ」と落下物のにわか集積場所を示してい るのをありがたそうに見つめた。

「お疲れのようですね」

「はあ、どうも寝不足で。夜は、べつの仕事してるもんですから、つい。申し訳ありま せんでした」と焼きいも屋さんは頭を下げた。

どこかのお店のネーム入りタオルを首からぶらさげていたりする、テレビドラマの紋切り型は、ここでは通用しない。年はたぶん五十代なかば、とっくりのセーターにもこもこした、でも汚れのない羽毛入りのジャンパーを着て、毛糸の帽子をかぶっていたから髪型まではわからないけれど、とても清潔な身なりだ。あと戻りして木材だけは拾っていってくださいね、と夜まわりの警官みたいな台詞を口にしているところへ助っ人が追いついて、おいも屋さん、右左にぶれてましたよ、居眠りされてたんでしょう、だれかにぶつからなくてよかったですなあ、と笑みを浮かべて言う。焼きいも屋さんはさらに恐縮し、どうやら廃品も積んでいたらしい狭い荷台を調べたあと、深々と頭をさげてバックして行った。

いきがかり上、私はその男性としばらくならんで歩くことになり、近ごろはいろんなものが道路に落ちますねえと、しみじみ語りあった。年があらたまってすぐだったろうか、東名高速の上り線、静岡の近辺でマヨネーズを積んだトラックが事故車に衝突し、九一六箱、二万七四八〇本、全部で十一トン分のマヨネーズが散乱して数キロにおよぶ渋滞を引き起こした、という報道があったのだが、私たちはともにそれを思い浮かべていたことが判明した。

「マヨネーズはなにしろ油ですからね」と年輩の助っ人は言う。「水をかけたってぜんぶとれませんから、最後は手作業になりますよ」

「メーカーはどこだったんでしょう、裸の人形がついてるところですかね」

「いやあ、メーカーまでは考えませんでしたなあ」と助っ人は街燈の下で頬を赤くした。「健康にいい、味がいいというのとは逆の宣伝になってしまいますからねえ、ニュースでは伏せてあったんでしょう」

そんなふうにうまくまとめて、彼はひとつ、興味深い思い出話をしてくれた。数年まえ、出張で釧路に行ってレンタカーで走っていたとき、路上で大量のサンマを踏んでスリップした、というのである。秋口で、脂の乗ったサンマだったものだから、そのおいしい脂が滲み出て、路面にべったりひろがってしまったのだ。朝方に踏んだんですが、昼過ぎまで手作業で掃除をしてましたね、群の落下の瞬間はさぞ迫力があったでしょうけれど、眼のまえで起きたら怖かったでしょうな、と彼は旅先の情景をなつかしむ顔になる。そこでこちらもお返しに、知人から聞いた話ですが、と前置きしたうえでべつの落下物の話を披露した。

知人の実家は、九州にある。仲のいい叔父さんが地鶏を飼っていて、帰省のたびに手伝いに行く。携帯電話どころか人家もほとんどないような山のなかで叔父さんはこつこつと地鶏の世話をし、一日に一個も産んでくれないけれど、いたって丈夫で黄身の厚い卵をあつめて売る。ほとんど商売にならないから、信念がなければできない仕事だ。ところが皮肉にも、甥っ子がおなじ地域で、地元でも有数の設備を誇る完全コンピュータ管理の養鶏家として大成功しているというのだ。卵は一日に何個も産むし、餌をやるのも自動だし、むかしは薬をつかってたから、雛だってあっというまに大きくなる。莫大な収入があるんで、地元じゃあもう名士でね、と知人は言うのだった。でも、品質というか、味は、較べものにならない。叔父さんの勝ち。だから、会えば喧嘩になる。商売云々と同時に、これは考え方、生き方の問題だから、たがいに敬意は表しながらも根本的なところで反目しあう。兄弟げんかともすこしちがって、始末の悪い感情が残ることもあるので、ちいさないがみ合いの蓄積が知人にはとても心配だった。

ある年の正月、親戚一同つどって和気あいあいと飲んでいたとき、ふたりがとうとう爆発した。そんなに言うなら、どっちの卵がすぐれてるか、勝負しようじゃないか、とあぶない展開になったものの、その勝負の仕方とやらがあまりに子どもじみていたので、まわりの人間は呆れてしまった。双方の卵をトラックに積んで道路にばらまき、割れない卵が多かったほうが勝ち、というのである。しかし陽気な親族は止めるどころか、殴り合うよりずっといい、やれやれと酒の勢いでけしかける。ふたりは、双方の養鶏場からしかるべき卵を、数の少ない地鶏の卵のほうに数をあわせて持ち寄ると、それを一台の軽トラックに乗せて出陣していった。

最初は好きにしろと突き放していたのだが、心配になった知人は、自分の車であとを追った。すると、敷地から出て五分と離れていない畦道で、彼らのトラックが立ち往生しているのを発見した。左車輪が前後とも溝にはまりこんで、横転は免れたものの動けなくなっている。卵は、といえば、幸か不幸かすべて農業の用水路に着水したため、奇跡的にほとんど無事だった。

思わぬ天の裁定にふたりはおおいに感服し、笑い、しかるのちに和解した。ほんとうのことを申しますとね、道路いっぱいに卵がころがってたらさぞ愉快だなって期待してたんですよ、ちょっと残念でしたが、まあ幸せな結末でした、と知人はしめくくった。

「そいつはいい話ですね、サンマを踏むよりよっぽどましですな、焼きいも屋さんのおかげで、仕事帰りにありがたいお話を拝聴できましたよ」

助っ人がそう微笑んだとたん、私は足を止め、ああ！　と大声をあげた。

「どうなさったんです？」

「さっき、あのトラックで、焼きいも買うつもりだったんです！」

「それはそれは」と彼は言った。

ふたりのプイヨン

惑わぬどころかすでに老いの門口に立っているいまなら、「はつおい」による知力、体力の衰えを盾にしてごまかすこともできるだろうけれど、二十代、三十代を通してずっと、私は言い訳のできない局部的なもの忘れに悩まされてきた。

その最たる例が、ひとの名前の混同である。初対面のときから顔と名が一致してすんなり憶えられることもないわけではない。しかし仕事で一、二度接触しただけ、あるいは電話で話しただけでそのままになっていた方々の名は、何年かして名乗られてもきれいさっぱり忘れていることのほうが多い。ながいつきあいがある相手でも、いつも苗字で呼び合っているために下の名前がわからなくなったり、あだ名しか知らなかったせいで肝心なときに本名が出てこなかったりする。

病はいまなお衰えるところを知らず、職業上あってはならない固有名の混同もいたるところで生じているありさまだ。いちばん顕著なのは本を買うときで、過ちの頻度も馬鹿にならない。現物に触れずに目録で注文するのがいけないのだろうか？　もっとも私の場合、書店の棚や平台でさえそれは容赦なく起こる。近視に乱視、さらにぼんやりした月の住人でもあるからして、名前ばかりではなく本そのものを取りちがえることがあり、なにか一冊棚から抜き出そうとしてその隣にならんでいる本に指をかけていることに気づかず、抜き出す瞬間にもちらちらとよそ見をして最終チェックを怠ったまま、抱えている本の山に合体させてしまうのだ。その種の勘ちがいは自分ひとりの胸に収めているので、大恥をかくというところまではいかずにすんでいるものの、書棚を整理するたびに、あのとき、このときの失敗の痕があらわれて胸ふたがるる想いを味わう。

留学生時代の話である。『魔王』や『フライデーあるいは太平洋の冥界』などで知られる仏文壇の大御所、ミシェル・トゥルニエの新作が出たと知って、私は早速書店に出向き、平台からさっと一冊取りあげて代金を支払うと、すぐに近所のカフェで読みはじめた。自宅でも読みつぎ、途中、しばしば手をとめて感慨にふけった。トゥルニエもずいぶん作風を変えてきたものだ、文体もまるで別人になっている、これは相当な転機になるにちがいない。最後まで読み切ったあと、どこかすっきりしない気分でベッドに倒れ込んだのだが、翌朝、部屋を片づけようとふたたびその本を手にとって、がっくり肩を落とした。赤い帯に白抜きで大きく刷られていた作者名、当然ながら表紙にも、本扉にも記されているその作者名は、トゥルニエではなくトゥルヌールだったからである。Tournier と Tourneur を見あやまったのは理解できるとしても、まるごと一冊読み終えてなお人ちがいを認識できず、タイトルすら確認しなかったとは愚かにもほどがある。

ところが、ひととの幸福な出会いがそうであるように、本との出会いも、ときとしてこの種の勘ちがいやはやとちりから生まれることがあるのだ。やはり学生のころ、大学近くの古書店で求めた本に、ジャン・プイヨン『現象学的文学論——時間と小説』（小島輝正訳、ぺりかん社、一九六六）という一冊があって、現象学のなんたるかも知らずに抜き出して中身をのぞいたら、フォークナー、ドス・パソス、そしてプルーストの作品を、読者自身の小説世界への参加、そして小説における時間の特質という観点から分析していくものだとある。三百円で楽しめるならと手に入れてみたのだが、論理の肌理のそこはかとないにぶさが基礎知識のないこちらをはじいて、三分の二ほど読んだところでべつの古本屋に持ち込み、珈琲代の足しにしてしまった。

それから十年以上経ったある日、東京の古書店の目録に眼を通していたら、Jean Pouillon, *Temps et roman*, Gallimard, 1946 という一行が目に入った。ああ、あのときの、と若い日のことを思い出しつつ、現象学云々は原書にない惹句だったのかと私は憤然とした。現代思想に関心のある者なら、プイヨンに構造主義に関する著作があって、これも邦訳されていることくらい常識のうちだったろうけれど、解説にすら眼を通さずにいたため、邦題に込められた意味もわからずじまいだったのである。

ジャン・プイヨンの名を見出したとき最初に頭に浮かんだのは、だから、この種の色づけが必要だった時代の出版事情だったのだが、しかるのちに古書店主によるただし書きに眼を留めて、はたと頁を繰る手をとめた。書名の下に「福永武彦旧蔵」と惹句が添えられていたからだ。堂々と売られている以上、出所もはっきりしていて、証拠もあるのだろう。そういえば、学習院大学での講義録を豊崎光一がまとめた『二十世紀小説論』(岩波書店、一九八四)は、まさしく小説と時間をめぐる考察だったはずだ、と私はなぜか国文学者の顔になって、しかしごく軽い気持ちで注文を出した。

プイヨンの『時間と小説』は、ガリマール社の《若き哲学》と銘打たれた双書の一冊だった。この出版社の文芸書は、通常、表紙に矩形の赤枠を用いるのだが、本書はそれに加えて外側にもう一本黒枠が走っており、おまけに二本とも波線になっている。問題は、中表紙の右上に、ペルシャン・ブルーの色鉛筆で、juin 1957 / Fukunaga と、二行にわたって入っていたサインである。右の講義録の表紙に用いられている文字より斜体がかっていて、最後の一文字から締めの横線がすっと流れている点をのぞけば筆跡は完全に一致しており、筆記体のfとgの下部のふくらみ加減の特徴はだれの目にも明らかである。また、本文のところどころに青いボールペンで下線が引かれ、鍵となる単語が横にまるっこい文字で書き込まれており、その文字も画文集などで見覚えのあるものだった。作家の蔵書、それも書き込みのなされた本が世に出まわるのはよくあることだし、あちこちに散らばっていったはずだからこの一冊をもって価値を云々するのは意味がないけれど、一九五〇年代の福永武彦の探求がまぎれもなく「小説と時間」に関する考察を中心に動いていた事実を考えあわせれば、それなりの重みが出てくるかもしれない。

その際重要なのは、やはり一九五七年六月という日付で、これが購入したときのものか読了したときのものかによって『二十世紀小説論』の読みが変わってくる。敗戦後の日本で洋書の輸入販売が再開されるのは一九五〇年。それから二、三年のうちに本書を入手して読み込んでいたとすれば、『二十世紀小説論』を構成している講義録の最もはやい時期、すなわち学習院大学着任時である一九五三年の講義のみならず、中核をなす「二十世紀小説の時間的構造」にもその読書が反映していることになるだろう。また、日付が購入日だとすれば、本書はすでにできあがっていた小説と時間の問題、それも外的な時間と内的な時間の相違をめぐる作家自身の考察を補足するものとして使われた可能性が高くなる。

いずれにせよ、プイヨンの考察が長篇小説の特質を内的に探ろうとする若い作家にとってなんらかの助けになったのはまちがいないだろうと思われるのだが、それはひとまず措こう。私が語ろうとしていたのは、勘ちがいが生みだす幸福な出会いについてだったはずだから。要するに、プイヨンと福永武彦のつながりが印象深くて、私は下の名前をいつのまにか記憶のなかから削除してしまったようなのである。もっと触れる回数の多い、どちらかと言えば親しみのある名前、たとえばグルニエなら、ジャン・グルニエ、ロジェ・グルニエ、クリスチアン・グルニエ等々フルネームで言えるのに、プイヨンという音だけが記憶に刻まれていたせいで、先年ひさしぶりに長期滞在したパリの古書店でふたたび幸福な過ちを犯すことになったのだ。

プイヨンの名を冠した『粗野な石』*Les pierres sauvages* という小説を棚の端に見つけて、「あの」哲学者は小説も書いていたのかと興味を抱いた私は、いつものように何冊かの収穫のあいだにそれを忍び込ませ、寓居でゆっくり読みはじめた。ただし、さすがにそのときはわずかな時間で思いちがいに気づいた。プイヨンはプイヨンでも、こちらはジャンではなくフェルナン、哲学者ではなく建築家だったのだ。

話が、いや時間が前後するけれども、帰国後、たしか『粗い石』という邦題の翻訳小説があったなと図書館の目録で調べてみると、案の定、フェルナン・プイヨンの作品として一九七三年に刊行されており、しかも二〇〇一年に復刊されていることがあっさり判明した。そして、ここからが情けない初老の症例になるのだろう、数ヵ月後に海を渡って届いた本の山と、何年も開かずの状態だった段ボール箱をなかばやけになってぜんぶ開封、選別、整理していたら、ほかならぬその七三年版の『粗い石』（荒木亨訳、文和書房）がひょっこりあらわれたのだった。

買ったことすら忘れていたという失態は頻繁にあるので、それじたいに驚きはなかったけれど、どうも辻褄があわない。プイヨンという名字との出会いは『現象学的文学論』の作者がいちばん最初だったから、『粗い石』を買っていたとすればぜったいにその時点で名前を混同して手を出していたはずで、となると、福永武彦旧蔵の原書でジャン・プイヨンを思い出すまえに一度、私はもうすでにフェルナン・プイヨンと交錯していたわけである。それを完璧に忘れていたのだった。

さて、そんなことでもなければ手にするはずもなかったフェルナン・プイヨンの『粗い石』は、一九六四年の刊行物であるにもかかわらず、書店で平積みになっている職業作家たちの新刊のあれこれよりはるかに手応えのあるものだった。邦訳に添えられた副題にもあるとおり、これは十二世紀、シトー会の活動拠点のひとつとして建てられたル・トロネ修道院の工事監督ギヨームを語り手とする、切りだされた粗い石に似た手触りの作品だ。きびしい戒律を課すシトー会の修道士であると同時に、個人の意志と信念と理想をも追いたくなる建築家でもあったギョームの葛藤には、きわめて現代的なところがある。そしてそこには、プイヨン自身の姿も投影されていた。

フェルナン・プイヨンは一九一二年、南仏生まれ、マルセイユで建築を学び、アントニーやクレルモン・フェランの大学都市設計で知られるウジェーヌ・ボードワン、そしてマルセイユ旧港の再興やル・アーヴルの戦後復興を指揮したオーギュスト・ペレに師事した。一九五〇年代には、パリ周辺のモンルージュ、ムードン・ラ・フォレ、ブーローニュ・ビヤンクール、パンタンなどの集合住宅を次々に手がけているのだが、まさにこの都市計画の中心だった公団の資金運営にかかわるスキャンダルで、一九六〇年、冤罪に問われ、投獄の憂き目に遭う。『ある建築家の回想』（一九六八）のなかでも語られているこの事件を機に、彼はフランス建築学会から閉め出され、ながきにわたってアルジェリアを拠点に活動せざるをえなかった。『粗い石』は、プイヨンの半生を覆うことになるその暗黒事件のさなか、監中で書かれた小説なのである。

主人公ギョームは、所属修道会のために、各地で修道院建設を手がけてきた。ル・トロネにやってくると、彼はコンヴェールと呼ばれる下部組織に属する修道士を増員して労働の負担を軽減し、断食の回数を減らしてきちんとした食事が提供されるよう上層部と折衝を重ねた。

信仰に生きつつも、建築家としての個人的な意志と欲望に自覚的なギョームの鋭い眼は、まず立地の分析に注がれた。ル・トロネ修道院は、その回廊に特徴がある。北と東よりも西と南が短くて完全な四角になっておらず、しかも土地が傾斜しているため南が地面に近くなっているのだ。瞑想しながら光の降り注ぐその回廊を一周するには、段差を解消する階段を上下しなければならない。プイヨンは、修道院がなぜそのような形になっているのかを、ギョームの視点を借りて解析し、彼がこの地に到着したときにはすでに部分的な工事がはじまっていたために壊して建てなおすのではなく生かす道を選び、それゆえに動的な調和がもたらされたのだ、と説得力のある答えを導き出す。この動きを殺さないよう、ギョームは、石工の棟梁にとっては卑しい材料にしか見えない粗悪な土地の石を使おうとする。どんなにきれいにならべてやっても、ひとつひとつの荒々しい個性を失いそうもない粗野な石たちを生かすべく、「のろ」を使わずに積みあげようと考えるのだ。

わたしが守ろうとしているのは、材料以上のものだ、素材にたいするわたしの信仰なんだよ。信仰のない美などありはしない。現場監督が顧客にたいして、なんの拘束もなしに、自分のかたちや技術を、そして材料を選びうるというのなら、わたしは彼の好みを認めよう。建築家がなにかを画一的に排斥するのは、弱さのしるしだ。流行とは、頽廃と凡庸の形態のひとつなんだよ。

（荒木訳を参照しつつ拙訳、以下同）

流行に抗うにはその場その場の決断が必要である。しかしそうした決断が、じつはながい熟成期間を経てはじめて湧出するものであることも、しっかり強調される。

なんらかの計画があって、その進行の遅さに驚かされるなんぞということは、じつに頻繁にある。逆に、かなりの規模の仕事があっというまに考え出されてしまうことも時にはある。わたしに関して言えば、もっともながいのは待機の時間であり、あれこれ考えているときであって、その猶予期間が過ぎて仕事の決断がなされれば、最後の段階は数日でまとまりうるのだ。それがなぜか、と問うことは、結局創造行為における知の総体について考えなおすことになるのだよ。およそ行動する芸術家は、いつもの石墨、筆、鑿《のみ》のうちに、みずからの身振りを精神だけでなく記憶にも結びつける、そういうものを有している。自然に生まれてきたように見える動きが、じつは十年、いや三十年という時を経ていることがある。芸術においては、すべてが知識であり、労苦であり、忍耐であり、一瞬にしてあらわれうるものですら何年もかけてじっくりと歩んできたものなのだよ。

この一節は、なにも建築家だけを指しているのではない。「待つ」時間の重要性が語られているのだから、他のどんな芸術家にも当てはまるだろう。小説家の仕事に照らしても当然ながら有効だ。ギョームが愛した粗野な石たちは、作者たる建築家の意のままにならない命と時間を、いわば彼らだけの内的な時間を生きる。そのきっかけを与えて外に出してやるのが、信仰にも似た書き手の待機の時間だとすれば、これはほとんどジャン・プイヨンの『時間と小説』に、もしくは福永武彦の「二十世紀小説の時間」の秘密に抵触する視点ではないか。ふたりのプイヨンは、じつは偶然にもおなじことを訴えていたのではないか。つまり、こんなふうにものごとが結ばれうる、と考えなければ、私の失態はいっこうに報われないのである。

崩れを押しとどめること

庇護されているのに、とても魅力的に見える。先日、やたらと深く掘り下げられている狭軌道地下鉄の駅の階段で、銀髪を美しくまとめあげている小柄なおばあさんが息子らしい立派な中年男性に背負われて降りていく場面に出くわしたとき、ふとそんなことを思った。用意されているべきエスカレーターが運悪く整備中で、あとづけで間に合わせようとしたエレベーターは上り下りを繰り返してようやくたどりつけるべつの乗り込み口にしかない。そこまで行けないことはないし、母親も場所は知っているようだったが、息子はかえって面倒だ、下まで運んでやるよ、としゃがみ込んで、あたりまえのように背中を差しだしたのだった。

とつぜん新劇の舞台と化したその一区画を、昼近くのほどよい人波が慎重に弧を描いて避けていく。はじめはいやがっていた母親が、とうとう観念して上体を息子のひろい背中にあずけたちょうどそのとき、流れに乗って歩いていた私が小舞台の袖にたどりついた、というわけである。ふたりが一体になって立ちあがると流れはまたひとつになり、結果として私は、何層も下のホームまで彼らのすぐうしろを、のろのろとついていくことになった。

背負ってもらうなんて考えもしなかったよ、と母親は細いけれどまだ艶のある声で言う。恥ずかしいけど、でもこう膝ががくがくしては危ないからねえ、上りならなんとかなろうけれども、年を取ってくると下りるときのほうが怖いんだよ、ゆーっくり手すりを伝っていかなきゃなんないからね、時間がかかってしようがない、こんな苦労をしなくてすむと思ったからわざわざ近場の先生に診てもらってたのに、設備のいいところを紹介してあげましょうだなんて、通うだけで疲れちゃうじゃないのさ、この電車を使わなければ使わないでもっと時間がかかるし、タクシーばっかり使ってたら懐がもたない、ふだんは壁に手を這わせて下りていくんだよ、今日はおまえがいてくれて助かったけれど、急な階段が消えてなくなるわけじゃなし、おんぶされたほうが目線が高くなってもっと怖いなんて気づかなかったよ、まるで馬に乗ってるみたいだねえ。

馬といっしょにするなよ、だいたい母さんが馬に乗ったなんて話、聞いたことがない、と息子はぶるんと馬みたいに腰をふるわせて、大切な荷物の位置を上にずらす。病院をかえることはできないの？　そりゃ無理だよ、あの先生がいっちばん権威もあって実力もあるんだ、と母親はきっぱりはねつける。でもさ、今日は久しぶりに仕事で東京に出てこられたからつきあえただけで、毎週助けられるわけじゃないんだ、安全な通い方を探しておかないと面倒なことになるよ、母さんにも気をつけてもらわなきゃ。もう五十は超えているだろう白髪まじりの息子は、下をむいたままそう反論する。ゆっくり安全に降りてくれるのはありがたいがね、みなさんのご迷惑にならないようにしておくれ、転んだりしたら大変だからね、それにしても、こんなふうに素直に頼っちまうなんて、ちいさかったころは毎日毎日おんぶしてやってたんだからすこしぐらいお返ししてもらってもいいけれど、でも、ずいぶん高いね、崖から下を見下ろしてるみたいじゃないか、怖いねえ、しっかり歩くんだよ。それはこっちの台詞だよ、大丈夫、しっかりしてるだろ、と背広姿の息子は笑った。

段をひとつ下りるたびに、絣のリュックみたいに母親が揺れ、ぴょこんと両側に飛びだした真っ白な足袋がうさぎの耳に見える。息子の首に両腕を巻き付けてはいるものの、顔はきりりと前を向いているので、正面から見あげたら、騎馬戦を連想したかもしれない。ともあれ、街なかで息子に背負われることを承諾し、恥ずかしがりながらも毅然としている母親の姿を、私はとても愛らしいと思った。その魅力の第一は、上品とも下品とも云えない、独特の抑揚のある話し方にあった。ちょっと気のつよそうな、攻撃的なところがあるにもかかわらず、ぜんたいとしてはひどく優雅なのだ。庇護される側に立たざるをえないことを認識した瞬間、攻撃性が薄れて、本来の弱さがにじみ出てきたのだろうか。

階段を予想外の高さから見下ろし、怖いねえと口にした母親にとって、息子に守られているという事実は、かならずしも守勢にまわっていることを意味していないようだった。見るべきもの、押さえるべきところは押さえているから、心身にずれが生じ、なにかが内側で徐々に衰えていくのがわかっていても、精神はまだ前を向いている。どっと一時に崩れる瞬間を見すえて、あきらめと自負がたいへんな勢いでせめぎあっている。そんな激しさから出てきた、ぎりぎりの余裕だったのかもしれない。

おばあさんが孫をおんぶするという場面なら、ときどき見かける。背中と腰に負荷をかけてもまだ大丈夫、まだまだ元気だと言いたげではあるけれど、衰えつつあるものが残した最後のエネルギーを、生まれたての命が吸い取っているように受け取れなくもない。そんなふうに考えるようになったのは、森の成り立ちに関する本を読んでいて出会った、「倒木更新」という一語がきっかけだった。

針葉樹林では、あまり密に繁っていると地表まで日光が届かなくなり、種子が林床に落ちて運よく芽を出したとしても日照不足で枯れてしまう。ところが、老木が倒れるとそこだけ日が入るようになり、倒れた木のうえに種子が落ちて発芽すれば、地面からある程度の高さと日光と適度な養分が保証される。倒木は、若木の生長にもってこいの条件を備えているのだ。事情は根株のうえでもおなじで、若木が育つと下敷きになっている老木や根株が朽ち果て、そこに巻きついていた根だけがもこもこと残る。これを倒木更新という。針葉樹の根がもりあがって地上に出ていることを根上りというそうだが、おなじ時期におなじ条件でこの倒木に落ちた種子が育った場合、それらは幹に沿ってほぼ直線にならぶ。

北海道のえぞ松の樹林に、まさしくこの倒木更新なるものを見学に行った話を、幸田文が『木』のなかで書いている。樹木が一列にならんでいるのだから、すぐに識別できるだろう。そうたかをくくっていたのに、彼女の目には容易に見分けがつかない。二百年、三百年と経過している倒木は完全に腐っていて、跡形もなく消えているからだ。一列にならんでいるという事実からだけで、確実に倒木更新だとは言い切れないのである。幸田文には、それが気に入らない。ならば、もっと年齢の若い、倒木が倒木の姿をとどめている事例を探し出せばいい。奥地まで歩を進め、とうとう実例に行き当たる。間近で観察した彼女は、ちいさな衝撃を受けた。

じわじわと、無惨だなあ、と思わされた。死の変相を語る、かつての木の姿である。そして、あわれもなにも持たない、生の姿だった。先に見た更新を、澄みきって自若たる姿とするなら、これはまあなんと生々しい輪廻の形か。これは確かに証拠としてはっきりしていた。私の望んだものである。でも、こういう無惨絵を見ようとは思いがけなかった。なにか目を伏せて避けていたい思いもあるし、かといって逃げたくもない。

無惨絵、という表現が鮮烈だ。要するに、これは親たちを踏み台にして子どもが伸びていく姿なのである。強さと弱さが半々になったころ、つまり老いを意識し、また現実にそこから老いがはじまる時期に、ひとは半分子どもになる。なんでも独りでできていた大人が、親が、子どもをあてにしなければならなくなる。頼る者と頼られる者の逆転。身のまわりにも、そうした生きものの宿命ともいうべき事態を迎えようとする知人が増えてきて、あれこれ苦労話を聞かされることも多くなっているのだが、子どもの側ではなく親の側の考え方ひとつで、盛りから衰えにむかって崩れていく命を抱えている者の明暗は決まってしまうようだ。身体をずっとあたためつづけてきた熱がつぎの世代に伝えられるときの様子は、視点を変えただけで、愛しいものにも、また残酷なものにもなる。たとえば先の母子のたどる道が上りだったとしたら、私はあの、息子が母を捨てに行く物語をそこに重ねあわせていたかもしれない。地の底へむかう話だったからこそ、まだしも肯定的にとらえられたのかもしれないのである。

それにしても、最近はだれかをおんぶするということがほんとうになくなってきた。乳飲み子を連れている若い母親はたいていワンタッチで折りたたみのできる軽い乳母車を使っているし、抱いている場合でも胸もとに抱える型ばかりで、子どものお腹と自分の背中を合わせることがない。背中をさらすとしたら、自転車の後部座席に乗せているときくらいしかなさそうで、この調子ではそのうち「おんぶに抱っこ」なんていう表現も消えていくのではないかと心配になる。まして大人が大人を背負うのは、いまやもう災害時だけになっているのではないか。だから、ひと混みのなかで大の大人がだれかに背負われているのを見ると、ついよからぬことを連想してしまう。気分が悪くなったり、めまいがしたり、足をくじいたりして歩けなくなっても、公共の場にはたいてい担架が用意されている。よほどの状況、よほどの事故でもないかぎり、わざわざひとの背中なんて借りる必要はないのだ。

しかし、災害現場に似た区域へ、もっと正確に言えば倒木更新さながら発生から相当な時間を経て姿を変えてしまった場所へ、ときに身体が言うことをきかなくなることも承知で足を運ぶような意志のひともいて、先の幸田文もまさしくそのひとりだった。老いていく立場からすればじつに無惨な、育っていく立場からすればまことに初々しい倒木更新を見すえた『木』の世界から、山の、崖の、恐ろしいほど広大な崩壊の痕跡を見て歩く『崩れ』の世界へ。七十歳を過ぎた彼女がとりつかれたのは、崩壊が更新と表裏しているという、あたりまえの事実の重さだった。これ以上近づいたら危険だと思われるあたりまで、ときには案内人の男性におんぶされてまで彼女は前進することをやめなかった。そこには気恥ずかしさなどみじんもない。あったとしても、それをしのぐ好奇心とやむにやまれぬ衝動が、傾斜地で背負わされている図をむしろ力強いものに変えていった。

現場を自身の目でたしかめながら、同時に言葉としての崩れについて、彼女は考察を深めていく。崩れや崩壊とは、いったいどのようなことなのか。現場の人間にたずねてみると、「地質的に弱いところ」との答えが返ってきて、幸田文は、この「弱い」という言葉の運用の、逆説的な強さときびしさに打たれる。

はっきりいえば、弱い、という一語がはっとするほど響いてきた。私はそれまで崩壊を欠落、破損、減少、滅亡というような、目で見る表面のことにのみ思っていた。弱い、は目に見る表面現象をいっているのではない。地下の深さをいい、なぜ弱いかを指してその成因にまで及ぶ、重厚な意味を含んでいる言葉なのだった。知識をもつ人ともたない者との、ものの思い方の違いがくっきりと浮かんでいて、私のあたふたした騒がしさは消されたのだろうと思う。弱いという言葉は身近にいつも使う言葉だが、その言葉からの連想といえば、糸なら切れる、布なら破れる、器物なら壊れる、からだなら痛々しい、心ならもどかしい、ということになろうか。その弱いが、山腹一面を覆う崩れ、谷を削って押出す崩れ、にあてて使われる。私は崩れの表面を知って、痛々しく哀しく、且つまた、どう拒みようもなく屈服を強いる巨大な暴力、というような強さに受取っていたが、この人は逆に弱いといって、深い土の中のことを私に教える。

読み返すたびに、私は彼女の思考の理路に引きつけられる。肝心なところでだれかに背負ってもらわなければならないという体力の衰え、すなわち老いの姿がここに重なっているのだ。身体の奥深くをむしばんでいる弱さ、土中の弱さが、なにもかも飲み込んで地形全体を一瞬にして変容させてしまう途方もない強さの基礎になっていることを、とてもやさしい言葉で彼女は教えられたのである。聞く耳を持つひとにだけ許される、贅沢な学習法。時を経て崩れの場を覆いはじめた樹木の瑞々しさ、押し流され、断ち割られた岩石の断面の、まあたらしい美しさが、みな、底深い弱さに端を発していることの不思議。弱さを強さに変換するための、老いを若さにたたき直すための装置が「崩れ」なのである。

ところで、「崩れ」の前後の鳴動をもっとも敏感に感じ取る姿勢が、不安定なだれかの背中のうえだとも言えるのではないだろうか。生活上の細々とした習慣をひとつひとつ重ねていって、粗相のない、けっして崩れない日常の送り方を父露伴に仕込まれてきた作家が、晩年になって、着つけや書や絵画などではしばしば積極的な意味を生むこともある「崩し」ではなく、受け身の「崩れ」に吸い寄せられたということじたい、象徴的な「更新」の一例だとも言えるだろう。この「崩れ」の一語は、動物園の動物たちを、飼育係に話を聞きながら観察してまわるという趣向の散文集『動物のぞき』にも、思いがけないかたちで登場する。象があの大きな耳をぴんと立てたら、それは危険なしるしだと語る飼育係の話を紹介しながら、そのなかにふと彼女は「崩れ」という言葉を挿入するのだ。耳の立て方にもあれこれ種類があって、真横に一文字を描いたら、心おだやかではないことの証しであるらしい。攻撃をしかけてくる場合もあるので警戒が必要だ。

あるとき、飼育係は、三頭の象に、この張りつめた姿勢で迫られることになった。嫌がらせをしたり叱ったりしたわけではない。特別なことはしていないのに、象たちを刺激してしまったのだという。ただし彼は、たったひとつ、大きな失態を犯していた。その直前、糞に靴底を滑らせて転んでいたのである。

ころぶことは禁物だそうだ。思うに、ころぶことは崩れなのではなかろうか。崩れを見せることは対手《あいて》に本能的な征服欲を起させるのではあるまいか。ずらりと大きいのが揃って、あの耳を三角に拡げて、ぎらりとした戦闘意志を漲らせたとしたら、素手の人間は蚊のような存在だろう。

転ぶということは、人間にとっての「崩れ」であって、足もとを掬われてひっくり返った一瞬の「崩れ」が、太古のむかしからつづいてきた象たちの記憶の最深部を煽る。地盤の弱さが自然の征服欲を刺激して生じた「崩れ」。それが生きものの弱さとしての「崩れ」とここで交錯するのだ。

転ばないように、しっかり歩いとくれよ、と頼られつつ命じられもした地下鉄の母子の、いや、息子の足取りは、たしかなものだった。歩幅のあわせにくい停止したエスカレーターの段を慎重に降り、平坦な通路ではいちばん端をゆっくり歩いて、無事にホームにたどりついたときは、うしろから万が一の「崩れ」を警戒しながらついていった私もさすがにほっと胸をなで下ろしたものだ。ひとの流れは途絶えることなく、やがてするすると入ってきた電車も満員に近かった。どうなることかと見守っていると、ふたたびすとんと地上に降ろされた母親が息子に手を引かれてふらふらと車両に入った瞬間、座席で一心不乱に携帯電話の画面にメールの文字を打ち込んでいた若者がその姿を目の端でとらえてすぐさま立ちあがり、もちろん母親のほうに、どうぞ、と席を譲った。倒木更新がこんなかたちで毎日おこなわれていれば、この都市はまだ見ぬ巨大な「崩れ」を、かろうじて押しとどめていられるかもしれない。

キリンの首に櫛を当てる

百貨店に入っている老舗の文具店で仕事につかうあれこれの定番商品を仕入れたあと、ひまつぶしにおなじフロアのおもちゃ売り場を冷やかしていたら、青い箱に入ったプラスチック製の人形が目についた。四歳以上、と但し書きがあるので、いかにも子どものおみやげを選んでいるような顔をして手に取り、しばらく迷った末にレジに運んだ。世界中に熱心な愛好者を持つプレイモービルのシリーズで、「キリンの飼育係」と商品名がついている。長髪をうしろで束ねた赤いチョッキ姿の飼育係は、身長二・九五インチ。首をまっすぐに立てたキリンとほぼ変わらない大きさで、片手に哺乳瓶を持ち、その気ならもう片方の手でミルク缶の取っ手を握ることもできる構造だ。同社の動物園ものにはちゃんとした大人のキリンが用意されているから、これはあくまで子どものキリンとその飼育係の組み合わせだと考えていい。

キリンの人形なら、すでにアフリカ産の木彫りを何体か持っている。日本でも簡単に入手できるものだが、静止状態ではあれ、これらはかの地の彫り師たちが日々見慣れているれっきとした野生状態のキリンをとらえた作品で、動物園の同類を表現したものではない。自然のなかで生まれた子キリンは親キリンに育てられるのが当然だから飼育係など必要ないし、百歩譲って手だれの彫り師に動物園を想像してもらったとしても、すっくと立っている成体のみを示して、わきで世話をする人間の存在など考えもしないだろう。古い鉛の人形の、農家を再現するシリーズなどには、牛や鶏に餌を与える人物が単体でつくられていることがあるけれど、動物園の、しかもキリンの飼育係となると、さすがにめずらしい。

ところで、そのプレイモービルの首が上下に動く愛らしいプラスチック製のキリンにも、私の部屋にある木彫りのキリンの親子にも、きわめて輪郭のはっきりした四角形、五角形の斑点が描かれている。つまりこれらは、日本の動物園でも圧倒的な比率を誇るキリンの三大亜種のひとつ、アミメキリンであって、玩具を箱から取り出してつくづく眺めながら、世界の子どもたちを喜ばせるために選ばれたのは、やはりもっとも大きく、もっともキリン映え——という言葉があればの話だが——のするこの亜種だったのか、とためいきをついた。

これまで私がいちばん親しんだ動物園は、郷里に近い名古屋の東山動物園だった。幼少時には家族の行楽として利用していたのだが、中学、高校時代には休日にひとりで出かけることが多くなり、行けばかならず河馬とキリンとアフリカ象と海馬《とど》を半日ほど眺め暮らした。もっとも、休みの日の動物園は人間を見物するのと変わりないから、柵に寄りかかってただお気に入りの動物を眺めていればいいというわけにはいかない。ちいさな子どもが来れば場所を譲らなければならないし、ときには写真撮影にも協力しなければならないからだ。

美しいキリンの群れを飽かず眺めていた春の一日、彼らを背景に記念写真を撮ってほしいとおだやかな老夫婦に頼まれたことがある。露出その他をマニュアルであらかじめ調整し、立ち位置まで指定されたうえで、私はライカを手渡された。ところが慎重に構えた瞬間、うしろからドンと悪太郎にぶつかられて、あろうことかその高価な写真機をコンクリートの歩道に落としてしまった。あなたの責任じゃありませんよ、と慰められはしたものの、以来、立派なカメラを首からぶらさげているひとを見るとそそくさと離れるようになり、しかしそう律儀に避けていると肝心の動物たちが見られないので、よけいな心配をしなくてすむよう一時は見物客がいなくなる閉園まえを狙ったりしていたのだけれど、その時間帯には飼育舎に戻っている動物たちも多く、逆に焦りが生じいっこうに楽しめない。すべての障害をクリアするには、しずかな平日に出かけるしかなかったのである。

いまもむかしも身体はあまり丈夫でないのだが、十代なかばの私はとくに胃弱で苦しんでいた。胃が痛いと言えばだれひとり疑わなかったので、夕食後に読みはじめた本が翌朝近くになっても終わらないときなど、いちおう「正式な」欠席届を出し、学校を休んでつづきを読んだりしていた。そんなふうに、まあ、ありていに言ってずる休みという非英雄的なおこないに身を潜めていた梅雨時の、なぜかよく晴れたあいまの一日、私はとうとう念願の平日動物園詣を実行したのである。

今日は学校、お休みなの？　と切符売り場のおばさんにたずねられてちょっと緊張しながら、正直者の私は、へんに誤魔化すとかえってあやしまれるかと思って、いえ、学校にはちゃんと病気だと言って休んで来ました、と応えた。あらま、そうなの？　平日は空いてるから、ゆっくりしてってね、とおばさんは笑顔で迎え入れてくれた。言葉どおりひと影はほとんどなく、掃除のおじさんに、ずいぶんながいこと見てるねえとあきれられるまで、私は持参した文庫本も開かず、特等席で大型哺乳動物を眺め暮らした。ひと気のない、ほとんど貸し切り状態の動物園は、それほどにもすばらしかったのだ。そして、興奮がわきあがるのを抑えつつ、この浮遊感、この足が地につかないような無重力感はいったいどこから来るのだろう、動物園とはいったいなんなのだろう、と考えつづけていた。

ものごとには、順序がある。いや、順序がある、ということになっている。都会の子どもは、絵本で動物のかたちと名前を一致させたあと、動物園で現物を見て、頭のなかの知識と実際の動物の大きさや姿をすりあわせる。その段階で、野生動物のきびしい生きざま、捕食の実態や人間との関係に思いを馳せることはまずありえない。一九七〇年代まで、彼らの現実世界は、たとえば八木治郎のナレーションで知られる『野生の王国』のようなテレビ番組を通じて知られるのみで、一般人が気軽にアフリカのサバンナに出かけて動物たちの生態をつぶさに観察するなどという機会はまずなかった。毎週、三十分弱にまとめられて担当ディレクターの解説つきで紹介される映像は、人間の手が入っていない大自然という名のもとにくくられ、血と肉が、生と死が生々しく入れ替わる仮借ない世界を子ども心に焼きつけたものだ。

動物園にも死はあるし、血もあれば肉もある。けれど、それは彼らが本来なら向き合わなくてすんだはずの状況でのことであって、檻の、柵の、そして濠のむこうではなく人間であるこちら側に流れている時間は、彼らが生きている時間よりずっと曖昧で、抽象的に映る。となりあうはずのない動物たちの共存から生まれる無国籍の感覚、どこでもない空間の奇妙さとその意義がわかるようになったのは、長じていくつかの外国の動物園にも同質の空気が流れているのを知ったあとのことだ。そして、どこに身を置いても、私の目は、子ども時代とおなじように、河馬とキリンを探していたのである。

河馬については、パリの国立自然史博物館附属の動物園、ジャルダン・デ・プラントにはじめてやってきた一頭をめぐってほんの少々学術的な一文を草したことがあるし、その河馬にちなんだ古い絵はがきを蒐集していたこともある。キリンはキリンで、作中人物の愛する動物として拙著に登場してもらってもいる、ありがたい存在だ。私がキリンに惹かれるのは、その首筋と、黒くしめった瞳と、咀嚼中のあごの動きがあまりに美しいからだが、いちばんの理由は、彼、もしくは彼女が啼かないという点にあるかもしれない。

声帯が発達せず、威嚇も遠吠えもできないことからくる本質的な沈黙。唸ったり、牛のような音を出したり、咳をしたりすることは可能なようだし、その録音もあるらしいのだが、動物園通いをしていて彼らの声を耳にした経験はない。思うに、飼育舎の外にただよっているのは、声を奪われた動物の悲哀と崇高なのである。『旧約聖書』に登場するビヒモス、すなわち河馬のそれとまた別種の輝きと高貴さがキリンにはあるのだ。

ところで、パリにやってきた河馬の歴史をひもといていたときかならずいっしょに読まされたのが、それ以前にフランスの首都に到着したキリンの物語だった。河馬が植物園附属の動物園にやってきたのは一八五三年。これにたいし、エジプトの太守ムハマド・アリからシャルル十世への貢ぎものとして、一頭の雌のキリンがエジプトからはるばるパリまで送られてきたのは、それよりずっとまえのことだ。アルフレッド・フィエロ『パリ歴史事典』（白水社）の「野生動物」の項目には、以下のような記述がある。

「パリ人が〔象の〕次に驚かされたのは、一八二七年六月三十日、エジプトのパシャからシャルル十世に贈られた雌のキリンが植物園に到着したときである。マルセイユを一八二六年十一月十四日に出発したキリンは、ゆっくりとフランスを北上し、その通過する先々で、田園に住む人々は大挙してそれを見に集まってきたのであった」

このキリンが、サハラ砂漠の南からナイル川を下る船と陸路をつかってアレキサンドリアまで運ばれてきた二頭の個体のうちのひとつで、身体の弱っていたほうはロンドン動物園に送られてほどなく死んだこと、そして「ゆっくりとフランスを北上し」とあるのは船や馬車を利用してではなく、マルセイユからパリまで、およそ八百キロの道のりを「歩いて」きたという意味であることを、ギュスターヴ・ロワゼルの名著『動物園の歴史』や、その一節を引く資料を通じて私も知ってはいた。

だが、いくつか疑問もあったのだ。たとえばこの雌のキリンが、アフリカ大陸内での移動はもとより、フランスに入ってからも、なぜこれほど従順に人間と行動を共にしえたのか、そして彼女はいったいどの亜種に属していたのか、それについて納得のいく説明はなかった。前者はともかく、キリンの亜種については、人間でいうなら指紋に相当するあの斑紋を見れば判別可能なのだから、そのころ描かれた絵を調べて、特徴あるアラブの帽子をかぶった飼育係ではなく斑紋を解読すればすむ話だったのだが、動物園の歴史とつきあっていたころは、河馬に熱中するあまり、そんな当たりまえのことにさえ思い至らなかったらしい。

ふだん動物園で見慣れているキリンは、幸か不幸か、すべてシールを貼りつけたようにくっきりと輪郭の浮かんだ矩形の斑紋を持つ、アミメキリンである。二〇〇五年一月に、札幌の円山動物園でマサイキリンの赤ん坊が生まれ、シゲジロウと名づけられたという朗報があったけれど、＊動物園におけるマサイキリンの割合はせいぜい二割ほどだし、行きつけの動物園で満足しているかぎり、なかなか彼らに出会う機会はない。ケニア山の南側からタナ川南岸、キリマンジャロのあたりに生息するこのマサイキリンは比較的小柄で、ツタの葉みたいなぎざぎざした模様があり、足首から下が白いソックスをはいたようになっている。それから何年かのち、パリの雌キリンの、到着当時の姿を描いた油絵などを参照する機会に恵まれたとき、足先の白と首筋の矢印型斑紋に特徴があって、すくなくともアミメキリンでないことはたしかめておいたのだが、それ以上深入りする余裕はなかった。

ところが、数年まえ、マイケル・アリンの『パリが愛したキリン』（椋田直子訳、翔泳社）を一読して、すべてが氷解したのである。歴史に名をとどめる雌キリンの名は、ザラファ。一八二四年十二月、「当時はエチオピア、現在はスーダン東南部になっているサバンナ高地」で、生後二カ月のときべつの一頭とともに捕獲された彼女は、まぎれもないマサイキリンだった。親を殺されたあとも生きのびられたのは、乳飲み子だったからだ、と著者は言う。乳離れしたキリンは力もつよく、反抗して餌を食べなくなったり暴れて骨を折ったりするので、その場で処分されてしまうのだ。つまり、ザラファたちは、人間に危害を与えるほどには力がなく、ミルクさえ与えられればなつくという、中間的な年齢だったわけである。輸送中はアラブ人の飼育主任ハッサンとスーダン人の助手アティールがずっと付き添い、いっしょに旅した数頭の牛の乳をたっぷり与えて気持ちを落ち着かせた。やがて彼女たちは、なんの警戒心もなく人間の命にしたがうようになった。アレキサンドリアからマルセイユまでの船旅の模様を、マイケル・アリンはつぎのように描いている。

船倉のザラファがまっすぐ立っていられるように、帆船の甲板には孔が開けられた。船が揺れて、ザラファが首をぶつけても大丈夫なように、孔の周囲は藁で縁取りされた。さらに、雨除け、日除けのために、孔はキャンバス地の天蓋で覆われた。生まれてはじめて道連れと別れたザラファは、ほかの動物たちと船倉に立ちながら、首から上は甲板上の人間たちとともに旅をすることになる——別れは悲しいが、この旅姿は象徴的ともいえる。からだが大きく、力の強いザラファは敵としてあなどれないが、じつは、野生の動物や家畜というより、気品あるペット的存在である、という事実がよく表れている。

地中海を渡る段階で、ザラファはまさしく「気品あるペット的存在」として、動物たち以上に人間との絆をつよめていた。国王に献上される動物だからこのくらいの扱いを受けるのは当然だとはいえ、まるで海に浮かぶ巨大なサウナに入っているかのごとき雌キリンの姿の、なんと湯煎的なことだろうか！

彼女がこうした特別仕様の船に乗ることができたのは、小柄なマサイキリンのなかでもさらに小柄なほうだったからで、これが体長十五メートルにもなる巨大なアミメキリンだったら船に収まらなかっただろう。問題は、パリまでどうやって運ぶかだった。当初はスペイン廻りでル・アーヴルにむかう船旅や、ローヌ川をさかのぼる方法が提案されたが、最終的には、安全を考慮して毎日すこしずつ歩くという、驚くべき方法が選択された。その輸送の総合指揮官として指名されたのがエティエンヌ・ジョフロワ・サン・チレールで、当時五十五歳の大科学者は、リューマチと尿管閉塞に苦しみながらも、すっかり情の移ったザラファの輸送に全力を尽くした。

ザラファはパリで十八年ほど暮らしている。一八三〇年のシャルル十世退位とルイ・フィリップの即位、一八三六年の凱旋門の完成、その凱旋門を構想したナポレオンのアンヴァリード埋葬、そして一八三七年のフランス初の鉄道開通。さまざまな歴史的事件を見届けた彼女は、一八四五年一月に死んだ。一八三九年には若い雄のキリンがやってきて六年ほど同居することになったが、配偶者には恵まれなかった。ずっと彼女を世話してきた「飼育係」のアティールは、毎日、ラ・ロトンドと呼ばれる星型飼育舎の一室からザラファを連れ出し、「長い棒の先につけた梳き櫛で毛づくろいをして」やったという。いまも「キリンのながい首に櫛を当ててやる」という言いまわしが残っていて、無駄な話にかかずらうとか、損をするとか、なんにもしないという意味で使われる表現なのだが、ずいぶん暇そうに見えながらもやるべき仕事はきちんとやってくれたこの気のいい飼育係が存在しなければ、飼育実績のない巨獣がパリでこれほど長生きすることはできなかっただろうし、まるでだれかの暮らしぶりを言い立てているような熟語も生まれなかっただろう。

ともあれ、ザラファとアティールの歴史的役割をそんなふうに呼び覚ましたおかげで、私のなかのプレイモービル第三二五三番「キリンの飼育係」の地位は、もはや不動のものとなった、と言っておくことにしたい。

＊札幌市円山動物園の公式ホームページによると、二〇〇五年一月九日に生まれた雄のマサイキリンのシゲジロウは、二〇〇六年十月に和歌山県の「アドベンチャーワールド」に移り、二〇一〇年六月、繁殖のため神戸市立王子動物園に移籍したが、二〇一三年一月に死亡している。

挟むための剣術

挟む、重ねる、積む、探す、並べる、崩す、紛失する、探す、挟む、重ねる、積む、崩す、探す、並べる、投げる、紛失する、探す、あきらめる。

机の周辺でおこなわれている私の日常の流れは学生時代からずっとこの調子で、ほとんど変化がない。一時的にきれいになるだけであっというまにもとどおりになってしまう表面的な掃除と、最初は大変でもあとはつねにおなじ状態が保たれて快適に過ごせる本質的な整理整頓が似て非なるものであることは言うまでもないけれど、こちらの行動形式が前者に属しているのは疑いようがなくて、落ち着いていられるのは「並べる」と「崩す」のあいだの均衡状態にあるほんの数日、読書や書きものにとりかかったとたん、信じられないような散らかり方になる。

本の一節を書き抜いたり、思いついたことを書き留めたり、電話の内容をメモしたりするのはたいてい使用済みコピー用紙の裏で、そのまま使うか半分に切るか、あるいは一部をちぎるか、時と場合によってまちまちなのだが、一枚の紙にそうした情報のすべてが書かれていることもあるため、捨てるまえにかならず読み返すよう心がけている。その紙がどこかにまぎれて処分すらできないという矛盾を解決すべく、A4サイズの書類ケースを試してみたこともあった。もっともそれは三段「積み」「重ね」式の、そもそものはじめから「積む」と「重ねる」がふくまれている、私には百害あって一利あるかどうかの商品で、隙間のある段めがけて無差別に紙を投げ入れるものだからたちまち満杯になり、最上段は昭和新山のごとく盛りあがって崩れ落ち、過去のメモを探すときなどは中身をぜんぶ取り出して調べなおす羽目になる。それでも突っ込んでおきさえすれば、つぎなる新陳代謝まではそこに眠っていることが確実なわけで、これが唯一の利点とも言えるだろう。

厄介なのは、あちこちに紙を挟む癖が抜けないことのほうだ。ケースに投げ入れるよりさきに、読みさしの本や雑誌、封筒の束、古新聞、聴きかけのレコードジャケットのあいだにぽんと置いてそのままにしてしまう。むしろそれが常態といってもよくて、先のメモ書きのみならず、ありとあらゆる郵便物がその憂き目に遭う。何カ月もまえに受け取った未開封の手紙や古書店の振り込み用紙や給与明細書が、脈絡のない本のあいだに挟まれているさまにため息をつくことすらもうなくなってしまった。なにげなく置いたもののうえにべつのものが積み重なり、結果的に挟まれた状態になるならまだしも、挟んだものぜんたいが積まれてどこかに埋もれていったりしたら手のほどこしようがない。にもかかわらず、つい、紙をノートに、ノートを冊子に、冊子を画集に、なにかをなにかに挟んでしまうのである。

振り返ってみると、私はずっと「挟むひと」でもあった。タンスの扉やドアに「挟まれるひと」でもあったという悲しむべき事実については触れないでおこう。これは具体的な「もの」が挟まる現象というより、思考回路にかかわってくる精神的な問題なのだから。とにかく前進すればいいという状態が苦手で、見晴らしのよいすっきりしたところに出るときまって邪魔をしたくなる。弁明するまでもなく、これはへそ曲がりや偏屈となんの関係もない。世のためひとのためをいちおうは考慮し、周囲に迷惑がかからないようにと祈るだけの節度はありながら、なぜか道ならぬ道へ逸れていく気持ちの流れを抑えることができないのだ。

そもそも「挟む」とはいかなる行為なのか。手もとの『大辞林』の定義をまとめてみると、(一)ものを両側から押さえつけたり、二本の棒などで押さえて持つこと、(二)ものとものあいだや隙間に、なにかものを入れること、(三)なんらかの「もの」をあいだに置いて位置すること、（四）ある動作の途中に他のことをわりこませること、（五）聞き込むこと、の五種類になる。小耳に挟むという最後の事例を除けばいずれも近しい行為だが、あえて絞るとすればまんなかの三つ、すなわち（二）から（四）までがしっくり当てはまるように思う。本に栞を挟み、パンにハムを挟み、仕事をするときは必要以上に休憩を挟む。紙を切るときカッターより「はさみ」のほうを好むのは、刃と刃で紙を挟むようにできるからだろうし、カットアップやコラージュや引用に惹かれるのも、それらが大雑把な分類における「挟むこと」の領域に属するからかもしれない。とすれば、「挟む」という行為は、私の日々の持続における心の湯煎を成り立たせるための、まさに必要不可欠な要素なのではないか？

こんなふうにうだうだ考えはじめるときには、たいていなにかきっかけがある。今回の愚考の根も、やはり一冊の本だった。床上にいくつもできている大型本の斜塔を緊張しつつ検分していたら、「積む」作業の途上にあったそのうちの一本がなかば予想どおり崩れかけ、あわてて両腕で抱え込むように押さえたところ、すぐ隣の斜塔に肘が当たってそちらを全壊させることになり、崩壊現場から久しく行方不明になっていた榊叔子の『おいしいサンドイッチ三〇〇種』が出てきたのである。昭和三十二年、婦人画報社刊、一八・七×二六センチの上製本、撮影担当者は料理写真の専門家、佐伯義勝。背表紙には縦書きの漢数字で三〇〇種、表表紙と見返しにはなぜか算用数字で300種と記されている。一時期、一九五〇年代のフランス小説を読むときの参考になるかと、「ラ・メゾン・フランセーズ」だの「ラール・メナジェ」だの、「暮しの手帖」に相当する古雑誌を集めていたことがあって、結局なんの役にも立たなかったにもかかわらずブルーチーズに似たかびくさいにおいが捨てがたくていまも積み重ねてあるのだが、『おいしいサンドイッチ三〇〇種』は、手にとって開いた瞬間に立ちのぼった、海のむこうの雑誌とそっくりの、埃と湿り気とカビのまじったにおいが気に入って買っておいたものだ。

じっさい、サンドイッチこそは「挟む」極意に満ちた食べものである。パンさえあればなにを挟んだってかまわない気楽さと無限の創意工夫が許された世界。いいかげんなようにみえて、そこには過去に体験した味の記憶と、その記憶を再編集してあたらしい味にしてみようとする進取の精神がつねに生きている。いまやその気になれば世界中のパンを空輸で入手できる時代だから組み合わせは無限にあるし、大きさも具の分量も注文次第で変更可能なところがなによりありがたい。カードゲームを中断したくない、その場で指を汚さずに空腹を満たしたいとわがままを言ってパンに具を挟んだおかげで歴史に名を留めたとされる――べつの謂れもある――あのサンドイッチ伯爵をまつまでもなく、はるかむかしから、パンを手にした人類はそこに手近な食材を好きに挟んで食べていたことだろう。それが延々と継承され、「挟む」という行為は世界的な市民権を得たのである、などと言いたくなったところで、先の壮大なレシピの筆者である榊先生の、昭和三十二年六月に記された「はしがき」を読むと、つぎのように書かれている。

サンドイッチの名は、私ども日本人に、かなり古くから親しまれておりますが、その割合に一般の関心がうすく、極端な例を申しますとサンドイッチには、ハムサンドと野菜サンドの二種しかないもののように考えていらつしやる方もあるくらいです。

なるほど、そのとおりだろう。『おいしいサンドイッチ三〇〇種』に掲げられている缶詰類は、当時、明治屋あたりでしか手に入らない品であったろうし、サンドイッチを中心にしたパーティーの盛りつけ例に協力しているのが銀座アートコーヒーとあることからもわかるように、東京の中心地でなければ成り立たないハイブロウな感覚があふれている。本書の刊行からさらに数年遅れて、外食産業ですらお米が中心だった地方都市に生まれている私の周辺には、昭和四十年代に入ってもなお、「サンドイッチには、ハムサンドと野菜サンドの二種しかないもののように考えていらつしやる方」と、そこに卵サンドをくわえた三種類くらいしか口にしたことのない者が多かった。ホットドッグやハンバーガーのように「挟む」食べものには親しみつつあったにしても、サンドイッチの具には暗黙の定番があり、そこからあえてはみ出すことはなかったのである。コッペパンに、やきそばだのカツレツだの、どんな土地でも手に入る具を挟んだ「調理パン」の分野は認められていたのだが、サンドイッチはというと、切り口がちょっと乾いてぱさついた食パンに、あまり高級とはいえないマーガリンや和芥子を塗り、やはり乾いたトマトやきゅうりをならべるか、ハム、もしくは薄切りのプロセスチーズを重ねるか、そのくらいのレシピしか存在しなかった。駅や遊興施設の売店で箱入りにして売られている法外な値段のサンドイッチがまとっていた似非高級感は、ときにさみしさと同義でもあったのである。これは作り手の問題なのか、それとも食べる側の問題なのか。ごく単純に言って、どちらにも問題がある、と私は思う。たぶん、サンドイッチのよさは、できあいのものを買って食べるのではなく、未知の味を想像しながら作るという楽しみがあってこそ生まれ出てくるもので、作るひとがすなわち食べるひとでもあるところが肝要なのだ。

サンドイッチの特色を申しますと、第一に、いま申しましたように極めて手軽に、スピーディに出来ること、主材であるパンとバター、マヨネーズさえありましたならば、ありあわせの缶詰などの保存食を添えて、すぐに作ることが出来、煮炊きの面倒がないので、不時の来客にも困りません。

それに、ちよつとした材料の取りあわせで、非常に豪華に、見た目にもけんらんとした美しいものが出来、作つて楽しく、召し上がる方にも喜んでいただけます。また、どんな豪華なもので、贅沢に見えるものでも、例えばお肉は一人前、十匁もあれば足りますし、経費は安上がりですみます。

前日のカレーとかシチューの残りを利用して、おいしいサンドイッチも出来ますし、煮魚、焼魚の残りも、身をほぐせば、これまた、気の利いた材料にはなりますし、チーズの一片レモン汁の一滴を用いただけで、全然風味のちがつたものが出来上ります。

煮炊き、十匁、といった言葉づかいには、昭和の香りがある。わずかな工夫で「非常に豪華に、見た目にもけんらんとした美しいもの」ができるかどうか、あまり質のよくない図版からは判断できないけれど、それ以外の指摘はまことに正しい。不意の来客が腹を空かせたほかならぬ自分自身であったとしても話は通じるからだ。追いつめられると人間はいろんなことを考える。学生時代、妙に日持ちのするあやしげな食パンやバターロール、スーパーで売られているやや塩味の効きすぎている湿気たバゲットで、私はよくサンドイッチを作っていた。大学の講義にも出ず、バイトも休み、一日中部屋にこもってただ本を読み、朝にパンを食べ、昼にパンを食べ、夜も面倒だからパンを食べる、そういうぐうたらをする日が月に一度か二度はあった。食材がおなじなので、朝、昼、夜と趣向を変えなければ飽きが来る。榊先生のおっしゃるように、こんなときは前夜の残りものの、ペースト状になったカレーを塗ったり、焼きすぎた鰯の身をほぐしてレモン汁で和え、塩コショウを振ったものを挟んだり、とにかくあまりものはすべて利用して飢えをしのいでいたものだ。

いまでも鮮明におぼえているのは、ラッキョウの瓶詰めと高菜の漬けものの残り、それに黒ごまがあるだけで米もパスタもなく、頼みは六枚切りの食パン二枚になってしまった週末のことだ。銀行のキャッシングも平日にしかできなかった時代である。ぼんやりしていて現金を引き出すのを忘れ、一文もなかった。幸いバターと芥子があったので、思いつくままラッキョウと高菜をみじん切りにし、ごまを煎って庖丁で叩いたものをぜんぶぐちゃぐちゃにバターと練り合わせてペーストをつくり、オーブンで焦げ目がつかないくらいに温めて表面の湿気を飛ばした食パンにたっぷり塗ってみた。これが、意外においしかった。そのとき私は、サンドイッチなるものには、なにをどう挟んでもかまわないのだということをあらためて学んだのだ。以来、なんでもかんでもパンに挟むようになり、なんでもかんでも本に挟むようになり、ドアとなれば、なんでもかんでも挟まれるようになったのである。

しかし、どうにもならない問題がひとつあった。「主材であるパン」の調達だ。保存料のいっぱい入ったパンではなく、ちゃんとしたパン屋が焼いたちゃんとしたパンをまるごと仕入れて自分で切ること。榊先生の言葉を借りれば、「自分で上手に切つた方が、美味しいようでございます。サンドイッチのパンが下手に切れますと、せつかくの人数分もとめたパンも、半斤くらいは、不足になつてあわてなくてはなりませんから、まず、パンの切り方をよく知つて頂ましよう」という仕儀となる。なにより、基礎が大切なのだ。

パンは焼くときに下になつている方を上にして、まないたの上におきます。そして、よく切れる薄刃の庖丁で鋸をひくようにこきざみにして切りますと、やわらかいパンでも薄く切る事が出来ます。なお、切りにくいようでしたら、庖丁を温めて切るとたやすく切る事が出来ます。

つぎは、真すぐに薄く切る方法です。これはちよつとした注意と練習で上手に切る事が出来ます。それは左手でパンを持ち右手に庖丁を持つて切る時の姿勢です。わかりやすく申しますと、庖丁の背に自分の鼻の先が、パンを切りおわるまでのつかつている感じの、大体直線の姿勢であれば、面白いように、薄く、まがらないで切る事が出来ます。しかし、切りながら途中で顔がまがりますと、パンがまがつて切れる事になります。

最後の数行は、ほとんど剣術の指南といっても過言ではない。「切りながら途中で顔がまがりますと、パンがまがつて切れる事になります」という一節の、なんと深い教えであることか。結局、どれほど自在に、どれほど自由に素材を挟もうとしても、それが既製のパンであるかぎりつねに上質のものを狙わねばならず、おまけに自分自身の手でまっすぐに切らなければならない。焼いてもらったパンをお店で切ってもらうようでは、借りものの衣装、借りものの鋳型とおなじなのだ。具の自由な取り合わせを保障する外枠のパンがしっかりしていなければ、すべてだいなしになる。素材の味を引き立たせ、自身もまた適宜姿を変えながら、けっして崩れない枠となるパンを確保することのむずかしさ。ほんとうのサンドイッチは、自分で焼いたパンを自分の庖丁で切り分けたのちにはじまる。もちろん、そこまでやっていたらサンドイッチの手軽さが消え失せてしまうけれど、かりにどこかで仕入れてくるにしても、満足のいくパン屋はそれほど多くはない。よいパン屋のある町に住むのも難儀なことなのだ。

挟み、積み、崩すのは、あまりにもたやすい。それが許され、可能になるのは、崩れない外枠があってのことだろう。真の手軽さは、丁寧な準備を重ねたすえに生まれた、一瞬のまぼろしなのである。

ニューファンドランド島へ！

電子メールによる送受信がこれだけ容易になり、原稿のやりとりや書籍注文の場ではほとんどなくてはならないものになっているのに、いまだ私を驚かせたり、考え込ませたり、喜ばせたり、つまり心を揺さぶってくれるのは、ひとの手に触れている郵便物であるらしい。海外からの書籍小包に入っていた新聞記事に触発されての一文を、すでにこの湯煎の記でも草しているけれど、先だってブリュッセルにある人文系の古本屋から送られてきた本の包みを手にしたら、青い太字のボールペンで殴り書きされた住所と名前のわきに、鼻梁のなかほどまで眼鏡を下げた、好人物そうな、なんとなく見覚えのある白髪のおじさんの正面画像をあしらった〇・五五ユーロの切手が、ほとんど一シートぶんべったり貼りつけられていた。切手を縁取るお茶の葉色に似た二種類のみどりが、ぞんざいな巻き方のマニラ封筒の色とじつに美しく調和していることにまず感嘆し、こういう色の使い方は日本の切手にあまりないからきれいにはがして保存しておこうと思いながらもう一度そのモチーフとなった人物の顔をながめてみると、だれあろう、フランス語の文法書として名高い*LE BON USAGE*の著者、モーリス・グレヴィスだった。なるほど、グレヴィス先生はとうとう祖国の記念切手になってしまったのか。古本屋の親父は、海外からの注文に応じるに際して、いまや国の誇りとなったこの文法学者を讃える記念切手をわざわざ選んでくれたにちがいない、と勝手にそう考えた私は、床に積みあげた辞書の斜塔のひとつの、いちばん下のほうに埋もれていた『グレヴィス』こと『良き慣用』を抜き出して、あちこち頁を繰ってみた。辞書や辞典のたぐいはたいていそうだけれど、著者に関する具体的な情報はどこにも記されていない。題名より著者名で通じてしまうほどに親しまれている文法書、それも言語学一般やフランス語の局部的な考察についてならまだしも、日々用いる微妙な「慣用」としての仏語文法の書き手がフランス人ではなくてベルギー人だなんて、初学者にとっては、先生に指摘してもらわなければ深く考えもしない事項だろう。

文法解釈につまずいたらまず『グレヴィス』に当たりなさい、とかつては教場でよく言われたものだし、じっさいこの指南書のおかげでもやもやの晴れることも多かったのだが、著者の国籍に特別な注意をうながしてくれた先生はいなかった。メグレ警部で知られるジョルジュ・シムノンや「タンタンの冒険旅行」シリーズのエルジェがベルギー人だと知っていても、そこにグレヴィスの名を加えるのは、仏語仏文学関係者だけだろう。先の切手は、ベルギー王国の独立一七五周年の記念事業として二〇〇五年二月に発行されたもので、本国ではグレヴィスの業績が語学学習以外の場でも認知されていることをはっきりと示している。

モーリス・グレヴィスは、一八九五年、ベルギーの小村リュールに生まれた。父親は代々つづく蹄鉄工で、家業を継ぐのが当然と思われていたにもかかわらず、周囲の反対を押し切って教育者の道に進む。一九一九年に中学校教師となったのちもさらに勉学をつづけ、一九二五年にリエージュ大学で古典語の博士号を取得すると、グレヴィスは、ギリシア・ラテン語を講じつつ、子どもたちにフランス語をよりよく理解させるために大部の参考書を書き下ろした。それが『良き慣用』である。「慣用」を重視した十七世紀の文法学者ヴォージュラへの讃辞をこめた、質実にして滋味深いこの本が、紆余曲折を経て学術出版を手がけていたジュール・デュクロの手で刊行されたのは、一九三六年のことだった。[*1]

厳格な規則を定め、その遵守をうたう従来の学者の文法書とはちがって、グレヴィスは、フランス語とて生きた言語であり、時代や作家の個性に応じて微妙に変化していくことを素直に認め、例外をふくめたさまざまな例文を挙げながら、定説は定説として、むしろその用法のぶれ方にやさしい目を注いだ。文法学者たちの学説にではなく、日々フランス語を使って書き、考えている教師や学生の実践に資するものとなったのは、そのためである。

もっとも、良き慣用を掲げて改訂、補訂を怠らないグレヴィスの本がその名を高めたのは、晩年のアンドレ・ジッドが「リテレール」誌で「最良のフランス語文法」——ただし、著者の国籍には触れなかった——としてこの本を推挙した一九四七年二月のこと。グレヴィスはその後も丁寧な見直しをつづけ、生前最後の改訂となる第十一版が出た一九八〇年に亡くなるまで自著を育てていった。世界中の仏語学習者が恩恵をこうむっているはずだから、その著者が切手になったとしてもだれひとり反対しないだろう。

しかし悲しいことに、年とともに勉強はしなくなるものだ。床の上でしけてしまったのは第四版（一九四九）、第七版（一九六一）、第十一版、そして娘婿のアンドレ・グースが補訂した第十二版（一九八六）の四冊だが、そのうちいちばん親しみのある最後の「純正グレヴィス」、すなわち第十一版をぱらぱらと開いてみたら附箋が何枚か挟まっていて——むやみとものを挟むのが私の癖であることはすでに述べた——、そのうち一枚が場所を示す前置詞の項目に入っており、あまつさえ欄外に薄く鉛筆で線まで引いてある。もちろん自分の手で引いたものだ。そして、なぜこの箇所に線を引いたのかを、めずらしく明確に記憶してもいた。グレヴィスが脚注のなかで、「ラ・ルヴュ・ド・パリ」一九三四年八月号に出た、わが愛するヴァレリー・ラルボーの「カナダに行く」Aller en Canada と題された小文の前置詞の用法を、古風な用法として掲げていたからである。

フランス語の名詞には性数があって、国名にも男女の別がある。前置詞をつける場合、女性名詞もしくは母音ではじまる国であれば en を用い、それ以外は à（あるいは定冠詞と結びついて au）になるというのがもっとも簡便な説明で、たとえば中国は女性名詞だから en Chine、カナダは男性名詞だから au Canada となる。しかしグレヴィスは、二十世紀においてもまだ en を用いる古風な例としてラルボーの文章を挙げていた。そして、「カナダに行く」の趣旨もまた、この前置詞の用法についての文法的な考察のかたちを借りた、まことに滋味深い散文の試みなのだった。

十七世紀フランスの文法学者にして、フランシスコ・ザヴィエルの伝記でも知られるカトリックの論客ドミニック・ブウール神父の『新フランス語考』（一六九五）をとりあげて、そこに「中国へ行く」Aller à la Chine と題された一文がある、とラルボーは語りはじめる。タイトルからも明らかなとおり、中国のまえに置かれる前置詞は、現代語とは異なっていた。これは「運動を示す動詞にあっては、運動の終点となる州や王国名のまえに en を置き、都市名、あるいはちょっとした地名のまえでは à を据えるという一般法則に反しており、規則に従うならば aller en France, en Angleterre, à Paris, à Londres というはずである。ところが実際に口にされるのは、aller à la Chine, au Japon であって、en Chine でも en Japon でもない」とブウールは書く。つまり、「慣用」のうえではそれが正しいというわけである。ところが国名を指す場合には、フランスなら le Royaume de France、イギリスなら le Royaume d'Angleterre と定冠詞が抜けてしまうのにたいして、中国は le Royaume de la Chine、日本も同様に le Royaume du Japon のようにそれが残る。なぜなら「日本や中国の場合には冠詞がわかちがたく結びついており、このような慣用ゆえに一般法則に反している」からだ、とふたたびブウールは言うのだが、日本と中国にかぎってなぜそうなるのか？

お答えしよう。こうした不規則性は、主に、新世界と呼ばれているもののすべてに生じるもので、中国や日本はあらたに発見された他の国々とおなじ規則のもとにあるのだ。そしてわれわれが中国へ行く、日本へ行くというのは、ちょうどインドへ(aux Indes)、モンゴルへ(au Mongol)、フィリピンへ(aux Philippines、以下原語略)、モルッカ諸島へ、トンキンへ、ペルーへ、メキシコへ、ブラジルへ、パラグアイへ、グアドループへ、ドミンゴへ、ヴァージニアへ、マルチニックへ、カイエンヌへ、ビルダルジュリード〔北アフリカ、サハラにあった国＝引用者注〕へ、ギニアへ、コンゴへ、モザンビークなどへ行くのと同様なのである。

夢想を誘う地名の列挙。十七世紀末のフランスから見れば、日本はいまだこれら音楽性豊かな名をつらねる「新世界」の一部にすぎず、したがって前置詞は *à* を用いるのが「慣用」なのだった。そんなふうに断じられたらもうなにも言えなくなってしまいそうだが、現代人の視点に立てばこの論法にはさすがに無理がある。いまや「新世界」なんて言葉は、大阪の繁華街を除けばドヴォルザークの交響曲にしか残されていない「旧世界」のものなのだから、ブヴールの見解は「新世界」の消滅とともに無効になったと正当に批判することも可能なのだ。ラルボーは先人の業績をふまえつつ、こうした歴史的なずれと無効性の周辺に、独自のユーモアを加味しようとする。その出発点に置かれているのが、表題に採られたカナダなのだった。

繰り返すが、現代語で「カナダに行く」という場合、前置詞は *à* を用いる。十七世紀にいくら *en* を採用していたといっても、カナダだって「新大陸」の北に地続きで位置しているわけだから、これはさすがに不自然ではないか。「慣用」からすれば、はるかに遠い日本や中国とそれは同列なはずで、à を使わなければ公正を欠くだろう、とラルボーは問いかける。だが、ブウール神父は時を超えて答えを用意してくれていた。つまり、当時のカナダは「あたらしいフランス」la Nouvelle France と呼ばれたフランスの植民地政策を担う重要な出先機関であり、外見上はフランスの「州」として扱われ、「新世界」には属さない土地だったというのである。当時のフランス人にとって、カナダは遠く離れた土地ではあるけれど、同時に他のどこよりも「親しみ」を感じさせる国であったのだ、と。

たしかにそう考えれば、「新世界」と「旧世界」の区別は、「あまり知られていない国」と「ずっと知られていた国」といったふうに拡大解釈することで納得できそうだ、とラルボーは言い、そこに「親密度進展の原理」とでも名付けるべき力を見出す。類推による言語使用法の変化とはべつに、地名に添える前置詞の使用においては、どうやらこの「親しみ」が大きな役割を果たしているのではないか。土地にたいする親密度が文法に影響するなどと本気で考えていたわけではない。「フランス語考」の流儀に則ったほほえましいパロディを繰りひろげながら、彼は en の用法の変化に、フランスが他国にたいして持っている知識の増加とコスモポリチスムの進化のしるしを読んで、以下のように結論づける。一篇の散文詩のごときリズムで綴られているので、省略なしで引用しておきたい（拙訳、『ヴァレリー・ラルボー全集』第八巻）。

この原理によって、《シシリアへ》en Sicile に対する《マダガスカルへ》à Madagascar の、《ポルトガルへ》en Portugal に対する《ブラジルへ》au Bresil の、あるいは《カナダへ》au Canada のような現代フランス語に対する en Canada というルイ十四世時代のフランス語の用法を説明することができるだろう（つまり、知識における、親密度における後退があったのだ）。おなじ原理にしがたえば、《オート・ザルプ県へ》en Hautes-Alpes という表現が現時点においては可能であっても、あくまでかりそめのものだということも考慮しうる。県名で呼ぶのは比較的あたらしい現象だし、州に分けることほどフランス人に親しまれていないものだから。そしてこの原理を用いれば、私たちは十年単位に区切って、ありうべき発展図式をつぎのように想像しうる。『X…はコスタ・リカへ（à Costa-Rica）行き、そこで（au Costa-Rica）商館を建てて財をなし、当地で（dans Costa-Rica）結婚した。両親に会うためフランスに戻り、フランス人の秘書をひとり連れてコスタ・リカへ（en Costa-Rica）帰った』。このような親密度進展の原理が、アナロジーや最小限の歪みの原理と並行して認められるのなら、aller という動詞のあとの前置詞 en が、二十世紀中にマダガスカルの前の *a* にとって代わるのを期待できるし、おまけにカナダにおけるフランス語人口が増加しており、フランス語で表現されるカナダ文学が存在する以上、ブウール神父の時代のように、ふたたびこんなふうに言うようには絶対にならないと、だれが断言できるだろう？《カナダに行こう》Allons en Canada、と。

現在、フランス本土の行政区域は二十二の「地域圏」に分けられ、そのなかに「県」が入っているのだが、[*2]県制度は王政時代の地方区分を廃止して革命以後にできたもので、「比較的あたらしい」とされているのは、そうした歴史的な距離を置いてみればというほどの意味である。ラルボーはグレヴィスと同時期、一八八一年の生まれで、少年のころ、ピエール・ロチやジュール・ヴェルヌの小説によって見知らぬ土地の名の音楽に魅了され、世紀が変わってからはホイットマンの詩篇に陶然とした世代である。ラルボーがいかに地名の響きを大切にしていたかは、都市の名を折り込んだ『A・O・バルナブース全集』のなかの「詩集」（岩波文庫）をひもとけばすぐさま理解できるのだが、ブウールによる国名の列挙はいうにおよばず、彼自身も *a* の音でカナダと韻を踏むコスタ・リカの、心地よい耳への誘惑に参っていた。「親しみ」の要素があろうとなかろうと、例として挙げる国の名前は、まず音として美しくなければならなかったのである。ともあれ、オート・ザルプ県はいまだに存在し、二十一世紀の現在においても、カナダへ行くには au Canada としなければならない。しかしカナダにたいする親しみが増せば、いつの日にかそこに付される前置詞に異変が起きるかもしれず、地理や文法の愛好家にとっては、今後も予断は許されないだろう。

ラルボーの「カナダに行く」の初出は一九三四年、グレヴィスの『良き慣用』の初版はその二年後の三六年だが、手もちの第四版と第七版にはラルボーへの言及がない。そのかわり、後者の、en の項目の「歴史的変遷」を述べた箇所には、「十八世紀までは、また、十九世紀に入ってもなお、遠い国の女性形単数名詞のまえでは、en の代わりに à la や à l' が用いられていた」とあって、ラルボーによる「親密度進展の原理」がすこしばかり影を落としているようにも見える。例文としてモンテスキュー、シャトーブリアン、ミシュレ、バルベー・ドールヴィイなどが引かれたあとで、「リトレもなお aller à la Chine に言及しているが、彼はまた《しかしこのところ en Chine が好んで使われるようになっている》とも付け加えている」とグレヴィスは言い、二十世紀に入ると、à はすでに古い用法と見なされるようになっているとして、さらにこうつづけている。

「近かろうと遠かろうと、大きな島の女性形のまえでは、その場所（状況もしくは方向）

を示すのに en が用いられる」。たとえば、サルデーニャ島、アイルランド、ニューギニアなどがそうだ。

ただし例外もある。à Terre-Neuve、すなわち、あたらしく見出された土地《テール・ヌーヴ》、ニューファンドランド島！「あたらしい」の一語が名に組み込まれたこの旧フランス植民地が、かつてはあったはずの親しみを回復して、前置詞 en をふたたび手に入れる日は来るのだろうか？

＊1　グレヴィスの伝記的な事項については、以下を参照した。
Maria LIEBER.-*Maurice Grevisse, Grammairien et chroniqueur de langage*, L'information Grammaticale, No. 44, 1990. pp. 35-40.

＊2　二〇一六年一月一日より、フランスの地域圏は二十二から十三に改変された。

魔女のことば

ほそく垂れた眼をかっと見開いて、針金みたいな身体をまえに倒しながら、彼女はテーブル越しに私の左腕をつかんだ。フォークの背には鱈のクリームソース煮のやわらかい肉がかろうじてのっていて、こぼさないよう慎重にバランスを取っていたのだが、手首のすこしうえをぐいと握られた瞬間、もとより崩れそうなその肉はあっけなくはじき飛ばされ、雨水に濡れたリノリウムの床にべしゃりと落ちた。嗚呼、魚が、白身が、貴重なホワイトソースが！　なごり惜しそうにその肉を見つめる私の手をさらに引いて、彼女はまだなにかを訴えるように語りつづけている。事務所から通りをへだてたこのビストロまで肩をならべて歩いてきたので、背丈が私とおなじくらいなのはわかっていたけれど、こんなに頼りなげな体つきだとは、向きあってはじめてわかったことだった。額にも、目尻にも、そして頬から顎にかけても、メニューが挟めるくらい深い皺が刻まれている。化粧っ気はまったくなし、上下ともにひからびた薄い唇をときどき舌で湿らせながら話すのだが、歯はお歯黒を塗ったみたいに真っ黒で、しかも前歯が二本抜け落ちていた。髪はざんばらというのか、一本一本が固くて太く、頭皮が見えるくらいの間隔でまばらに生えており、それが小雨に濡れて艶やかに光っている。草木染めの、まえに三つか四つ、穴ではなく革ひもに大きめのボタンを通して閉じるシャツに短いズボンといういでたちで、ズックのうえに塊根のようなくるぶしが突き出していた。そのくるぶしとおなじ光を放つ肘を伸ばして私の手をつかんだ彼女は、浅黒い顔をまっすぐこちらにむけ、ひとりごとみたいにしゃべりつづけている。最初の数分間でなんとか聞き取れたのは、隣人、という単語だけだった。私はなおフォークを握ったままで、そのフォークを握った手を思いのほかつよい力で握られて身動きもとれず、乾いた音をたてる未知のことばに黙って耳を傾けるほかなかった。

「二十年もパリに住んでるのにフランス語がうまく話せないのかって馬鹿にするような連中は友だちじゃない、って言ってるんだ、あとはいつもの愚痴だよ」と友人が笑いながら通訳してくれる。「協会での仕事だって無事にこなしてるし、だれにも迷惑はかけていないってね、彼女の十八番さ、いつもこの調子だよ、フランス人以外はみんな隣人、あんたとあたしは理解し合えるはずだって。だれにたいしてもこの調子なんだ」

一九九二年秋の話だから、彼女がまだパリにいるとすれば、滞仏三十年を超えていることになる。「協会」というのは、この国に永住を決めた外国人向けの職業研修と就職支援活動をしている非営利団体のことで、友人も、謎めいたその女性も、週に三日ほど通ってくるボランティアとして、それぞれの得意分野を生かした仕事を任されていた。もとはガレージだった建物の一階部分を改装した事務所は、長方形の箱の中央に通路をとおし、左右をちいさなブースに分けた単純な構造になっていて、いろんな国からやってきた移民たちがずいぶんリラックスした表情で、つまり移民局みたいに緊張したりぎすぎすしたりしていないごくおだやかな顔で担当者と歓談していた。

事務所に友人を訪ねたのは、その日がはじめてだった。なかを案内してもらいながら詳しい仕事内容の説明を受けているうち、なりゆきで経理課の女の子にも紹介され、活動資金はすべて寄付でまかなっていると教えられて襟を正した私は、そんなつもりはないよと止める友人を制してごく少額の小切手を切った。もっとも、口座が空っぽに近いことは承知していたので、日付はその日ではなく、確実な入金がある一カ月以上先にしてほしいと、寄付だか借金だかわからないような言い方で笑いを取ったのだが、気の毒がられたのか、支援活動の一環として確保されているレストランの共通食事券を一枚渡された。せっかくだから昼食をすませようという話になり、そこでたまたまいっしょになったのが、先の女性だったというわけである。

円形広場から放射状に伸びている一方通行の通りの、昼時にしかはやらないその店の硝子張りの窓にぴたりとつけられた四人掛けの席で、まっすぐに落ちてくる重そうな雨粒を目に入れながら、私たちはなんとも珍妙な会食をつづけていた。いったい彼女は何語で話しているのか？　友人に小声で問うと、その質問を聞き逃さなかった彼女は、はっきりした語調で、フランス語！　と言う。にもかかわらず、それ以外の単語はまったく聴き取れないのだ。わけがわからずきょとんとしている私に、だから、これは彼女のフランス語なんだよ、とふたりを交互に見つめながら友人が応える。

「きみには彼女の言ってることがぜんぶわかるのか？」

「だいたいね。いちおう、つきあいがあるからさ、慣れの問題だ」

たしかに慣れの問題ではあるだろう。しかし、フォークを握っている男の手を抑えたままあたりまえのようにしゃべりつづけている女性に、慣れろと言うほうがむずかしい。ようやく私から手を放すと、彼女は自分の皿に半分以上残っていた鱈をさっくりと切り取って、こちらの皿に、ぼわーら、と投げ入れ、ふたたびなにごともなかったかのように真剣に話し出した。彼女はあきらかに、複数の国のことばをちゃんぽんに使っていた。スペイン語、ポルトガル語、ひょっとしたらクレオール語かと想像される音が、乾いた唇のあいだの、そこだけパプリカ色の舌のうえにころがる。とめどなく出てくることばをさえぎるように、私は思い切って彼女の国籍をたずねてみた。

「フランス人だよ」と友人が代わりに応えた。「フランス国籍を取得した立派なわが同胞さ、でも、出身はチリだ」

「そう、チリ」と彼女が復唱する。ということは、先ほどから私の耳もとでどんどんと足踏みし、すたすたと通り抜けていくことばは、スペイン語だったのか。そうじゃないよ、これは彼女のフランス語だ、たしかにスペイン語を話すらしいけれどね、とまた友人の解説が入る。

「協会での彼女はほんとにすばらしいよ、信頼できる仲間内での評価だけど、彼女にしか理解できない言語を話すひとたちが大勢やってくるんだ、このひとじゃなきゃだめだって指名までしてね。そういう人脈があるのか、奇妙な連中ばかり訪ねてくる。で、なにかと困っている移民や亡命者たちの言いたいことを解析して、彼女のフランス語で伝えてくれるってわけさ」

　じゃあ、ここにいる日本人も「奇妙な」連中のひとりってことか、と言いかけてそれを飲み込み、おすそ分けしてもらった鱈をどうしようかと悩みながら、べつの頭の片隅で、チリ、二十年、パリ、と繰り返しているうち、ふとあることに思いあたった。もしかすると、彼女はあの軍事クーデターがあった年に国を離れたのではないか。

サンチャゴに雨が降る、と私は言った。

速射砲のごとき相手のことばが一瞬とまり、今度は付け合わせのサヤインゲンをだいじにだいじにフォークの先でとらえようとしている手をふたたびぐいとつかむ。そう、サンチャゴに雨が降る。はっきりしたフランス語で、彼女は言った。

一九七三年に起きたピノチェト将軍による軍事クーデターを、フランスのジャーナリストの視点から時間の経過に沿って描いた映画を最初に観たのは、中学生のころだった。題名につられて観たいくつかの映画のうちの一本だったが、当時の学力ではまったく理解が届かず、心地よい音楽だけが耳に残って、さほどの感銘もうけずに終わったことを覚えている。それから何年かして、チリといえば大詩人ネルーダではなく安価で味のよいワイン、そして日本にも輸入されているたっぷりしたウニがまず連想されるようなふざけた時代に大学生となり、第二外国語のフランス語の授業で「雨が降る」という非人称の主語を用いる動詞を学んだとき、例文のひとつとして、タイトルの『サンチャゴに雨が降る』と再会することになったのだが、懐かしくてビデオを探したら『特攻要塞都市』なんぞという奇々怪々なタイトルがつけられていた。監督のエルビオ・ソトはチリからの亡命者で、ロケはすべてブルガリアで敢行されたという。音楽をピアソラが担当していることさえ、私はずっと知らずにいたのだった。

でも、彼女は、もうチリに戻れるんだよ、と友人がしたり顔に言う。ピノチェトの時代に、この協会と似たような組織で働いていた彼女の身辺があぶなくなったのは事実で、フランスにやってきたときの立場は亡命者だったのだが、いまではもう問題は解決していた。その気があればいつでも国に帰ることができるし、親族もまだチリに住んでいる。

「にもかかわらず、彼女は二十年ものあいだ、一度も帰ろうとしなかった。ほんとうの理由は、ぼくも知らない」

「わたしにも、わからない」彼女はフランス語ふうのフランス語で補足した。

「郷里は、やっぱり、サンチャゴなんですか？」

私が問うと彼女は首を振って、短く、単語だけで答えた。

「世界の果て、世界の、大陸の、南の果て、プンタ・アレーナス――」

「……パタゴニアの、入り口ですね」

どうして知ってるのか、という目で彼女がこちらを見た。ついこのあいだ、本で読んだばかりなんです、ブルース・チャトウィンの『パタゴニア』という作品で、と私は説明した。すると彼女は、食べ物を口に入れたまま、ふたたび、ゆっくり、もごもご話しはじめた。友人がまた話を継いでくれる。

「そのひとに会ったことがあるってさ。何年かまえに、パリで開かれたペン・クラブの催しでね、仕事を世話したロシアからの移民のなかにもの書きがいて、そのひとが参加するっていうんで、協会の関係者に連れ出されたらしいんだ、ロシア系移民作家の集いみたいなものだったそうだよ。そこに、チャトウィンという名の作家がいた」

「ほんとですか？」

「セ・ヴレ」と彼女は共通のフランス語で言い、また自分だけのことばに戻っていく。チャトウィンは視点の定まらないふわふわした目をして、ひどく疲れているように見えた。同行した協会の仲間とおなじ目だった。その仲間は、一年後にエイズで死んだ、と友人が通訳する。虚を衝かれて、私はしばしぼんやりしてしまった。ちょうどそのころ、エイズで亡くなった作家、エルヴェ・ギベールの遺作の翻訳を頼まれていたからだ。『ぼくの命を救ってくれなかった友へ』にはじまるギベールとエイズの共闘小説は、この作品においていわば共生小説となり、半分以上負けを認めつつ、「死に至るまでは」そのウイルスとともに生きていこうとする前向きなものへと質的な変化を遂げていたのだが、一九九二年が明けてすぐ書店にならんだその『赤い帽子の男』という作品にチャトウィンの名が引かれ、こんなふうに書かれていたのである。

イギリスの小説家ブルース・チャトウィンは、ウイルスで死ぬ前の数カ月と数週間のあいだ、一枚ずつちがう絵を、毎日のようにロンドンの古物商のもとへ持ち込んでいたという。支払いも済んでおらず、アパルトマンのどこに掛けたらいいのかもわからずに、他のいろんな絵と一緒に床に積み上げてあったものだ。彼が死んだとき、妻は画商たちに、絵を返してくれるよう説得を試みた。（拙訳、集英社）

ギベールが亡くなった一九九一年前後、フランスではどうやらチャトウィンのブームがあったようで、『ウッツ男爵』から『ソングライン』、『どうして僕はこんなところに』まで、主要作品がつぎつぎに翻訳紹介され――『パタゴニア』は一九七九年に訳されていて、その時点で新刊での入手が不可能になっていた――、私もそれにあおられるように、いっとき熱を入れて読んでいた。チャトウィンが二十代のころに「サザビーズ」のポーターの職を得、短期間のうちに印象派部門を任される地位までのぼりつめたのに早々とそれを辞し、大学で考古学を学んだあと世界中を飛びまわりながらあの伝説的なモールスキンのノートにモンブランの万年筆でひたすら書きつづけたこと、『ソングライン』を上梓した二年後の一九八九年に急逝したことなどを、だから私は知っていた。ところが、未完のエッセイを収めた『どうして僕はこんなところに』には、「一九八六年の夏、私は苦しい状況で『ソングライン』を完成させた。中国で、ある種の菌類が骨髄を冒す奇病をわずらったためである。死を覚悟した私は、原稿を書き上げ、あとは医者の手にゆだねようと決意した。そこまでやり遂げれば、思い残すことはない」(池央耿他訳）とあって、「ウイルス」で死んだとするギベールの文脈と微妙な食いちがいを見せていたのである。

ギベールは、エイズによって死を宣告される一方、それを題材にした小説でベストセラー作家となり、はやすぎる晩年、その収入を絵画に注ぎ込んでいた。『赤い帽子の男』は、彼がアルメニア人のいかがわしい画商や、ヤニスというギリシア人として登場するスペイン人画家ミケル・バルセロとのつきあいを通して、絵画市場の裏表や贋作問題に触れながら、命と引き替えに絵を見る目を養っていく物語である。読みようによっては、主人公は「ぼく」ではなく、絵画そのものだとも言えるこの話のなかに挿入された先の一節にはギベールらしい粉飾が加えられているはずなのだが、物語の流れと前後の文脈を考えると、チャトウィンはどうしてもギベールの同類として扱われているとしか読めず、また、オークションの本場でそのからくりを知り尽くしていたはずの作家が「毎日のように」絵を古物商に持ち込んでいたと書かれれば、治療費がかさんで仕方なく売りさばいたというだけではなしに、もしかするとそれらがみな贋作だったのかもしれないと読みたくなるような、微妙な棘のある描き方をしていることも気になっていた。

　ウイルスと絵画。チャトウィンの並はずれた鑑賞眼が、美術学校を出て画家になり、あるいは批評家になった者たち、つまり、その正否はべつとして公式に役に立つ資格を持った者たちとは別種の、資格ならぬ視覚にめぐまれた者のひとりだった点でも、さらにはまた、一時期新聞社に所属する書き手として定期的に記事を書いていた点でもギベールとの相似が認められ、ほんの数行ではあるけれどこれが物語の核心に触れるものと読んだ私は、チャトウィンのウイルスの性質をなんとか知りたいと思っていた。まさにそんな時期に、エイズで死んだ同僚とおなじ目をしていたという、パタゴニアから来た魔女のような彼女のことばを耳にしたのである。

　チャトウィンは神出鬼没で、ときに自身の偽者に苦しめられていたとも聞いていたから、この話は半分以上まゆつばだと思っていた。しかし一方で、ほかならぬパタゴニア出身の女性の観察が正しかったとすれば、翻訳中の作品の、ぽつんと孤立した記述の前後の空白がみごとに埋まるはずだ、と期待してもいたのである。『赤い帽子の男』の拙訳は、一九九三年の秋に刊行された。その後に触れたいくつかの邦訳の略歴にも、チャトウィンの死因は中国で拾った風土病にあるとされていて深読みを恥ずかしく思っていたのだが、数年後にあらわれた担当編集者スザンナ・クラップの回想『チャトウィンとともに』(一九九七)の仏訳に眼を通していたら、謎のウイルスの正体が、協会の関係者やギベールのそれと同一であることが、あからさまに書かれていた。

プンタ・アレーナス出身の女性とは、その後一度も会っていない。皿に分けてもらった鱈の身に最後まで手をつけなかったことにたいする言い訳も、だからできないままである。

ふたりの聖者

丈の低い灌木と雑草の茂る土手に挟まれて、乾いた砂利道がまっすぐに伸びている。遠くかすんだゆるやかな山々のうえには、ローアングルでとらえられたその白い道とちょうど点対称の扇状に汚れのない空がひろがり、道の中央を、籐のかごを手にしてロバにまたがったマント姿の女性と、杖をついた老人がとぼとぼと歩いてくる。まるで中世の一場面を目にしているような光景だが、その印象をつよめているのは、画面左手に立っている、ほそい鉄で編んだような十字架のシルエットだ。

あまりにも静謐なこの一枚を表紙に配したフルヴィオ・ロイターの写真集『ウンブリア――サン・フランチェスコの土地』を、このところ気持ちがささくれ立ったようなときに引っ張り出しては眺めている。アシジの聖者を讃える『小さき花』からの自由な引用と、それを盛り込んだ序文を建築史家ピエール・ジャケが担当したギルド・デュ・リーヴル会員むけの限定版、凸版写真による陰影の深いモノクロの世界だ。中扉に掲げられたチマブエによるフランチェスコの肖像だけが、あざやかな碧と金色の暈で、この一冊に光をもたらしている。

本編は「大地と水」「木々」「壁」「雪」「家」「動物」「子ども」など、いずれも聖人の愛するものたちに捧げられた章からなる前半部と、やはりフランチェスコによる『被造物への賛歌』の引用にあわせて構成された後半部にわけられているのだが、最初の一枚はそれらとは別仕立てで空を飛ぶカモメの写真になっており、これが文字どおり鳥瞰的な視線を与えてくれる仕掛けになっている。高度を上げたり下げたりしながら、けわしい坂道を、思慮深いロバの横顔を、アカシアの木々の葉ずれを、ヤマウズラの駆ける草原に流れる風を、雪に埋もれた斜面に規則正しくならぶ木々を、石造りの家の少年少女を追い、ときどきフランチェスコの言葉、というよりもその言動を拾い読んでは、「ほんとうの喜び」とはなんなのかを、どのような宗教からも離れてぼんやりと思いめぐらす。四旬節のあいだみずからに課した湖の中之島での断食、お告げに従った病者への接吻、小鳥たちや狼への説教、清貧という花嫁との結婚。十二世紀イタリアの聖人の気配を残す写真のなかを、私はふらふらさまよい歩く。

アシジの貧者ことフランチェスコ・ベルナルドーネは、一一八一年、もしくはその翌年、富裕なラシャ商人の御曹司として生まれている。多少の誤差はあれ、私が学部学生となった一九八二年前後に生誕八百年を迎えることになり、フランチェスコの名に触れる機会がかなりあったし、おそらくはその時期にあわせてのことだろう、専門書以外でも、ニコス・カザンツァキの『アシジの貧者』（清水茂訳、みすず書房）が一九八一年、ジュリアン・グリーンの『アシジの聖フランチェスコ』（原田武訳、人文書院）が一九八四年に刊行され、ことの順序として、私はまず前者を、二年後に後者を手に取った。ロンバルディア都市同盟が自治権を勝ち取り、遠くエルサレムではイスラム教の君主がキリストの聖地を占拠したことに衝撃を受けて組織された十字軍第三回目の派遣目前の、あの血なまぐさい時代に回心した踊りと歌の好きな青年の生涯を追っていた夏の日々。そして、フルヴィオ・ロイターの写真集をながめていると、フランチェスコだけではなく、とりわけ集中的にカザンツァキを読んでいた当時のことをあれこれと思い出すのである。

カザンツァキへの関心は、『アシジの貧者』によってのみもたらされたわけではなかった。邦訳を持ち歩いてちょうど読み終わったとき、旧制高校的な教養主義とバンカラ趣味を持ち合わせていた年上の同級生がそれをめざとく見つけて、カザンツァキを読むつもりならそんな作品から入っちゃだめだ、まずは『兄弟殺し』、それから『石の庭』

だ、と演説をはじめたのである。『その男ゾルバ』なんてのもあるけれどあれはぬるいよ、ぜったいに『兄弟殺し』さ、興味あるなら貸してやろうか、高校のときにかっぱらってきたやつがあるんだ。なにかにつけて不良ぶるその友人の勧めには乗らず私は律儀に古書店をまわり、夏休みまえには読売新聞社から出ていたその二冊を手に入れて、一八八三年、クレタ島に生まれた偉大な詩人の散文作品を順々に読むことになった。

当時のクレタ島はトルコの支配下にあり、ギリシア系住民とトルコ人のあいだに嘆かわしい諍いが絶えなかった。『兄弟殺し』はこの時代を背景としているのだが、冒頭からすでに叙事詩的な雰囲気が濃厚で、蒸し暑く、息苦しい夏の午後の記憶がそこにべったりと張りついている。

神に、風に、雪に、死に対する容赦のない戦い。これが人びとの生活だった。内戦はカステルロスの村びとを驚かしもせず、怯えさせもしないし、その習慣を変えさせもしない。ただ、そのときまで彼らのうちで目にみえず、沈黙して埋もれていたものがすべて、いまや爆発し、とめどもなく解き放たれた。人間のもっとも根深い衝動がその歯止めをぶちこわした。殺戮。すべての人間に、理由もなく、しかもときにはそうと気づきもしないで幾年もの間憎んでいる隣人、友人、兄弟がいた。

憎しみはすこしずつ、捌け口がないままに、積み重ねられていた。突如として、彼らに鉄砲や手投げ弾がくばられ、その頭上で聖なる旗指し物がうち振られ、司祭たち、下士官たち、新聞記者たちが、隣人や友人や兄弟を殺せとけしかける――それが祖国と宗教を救うただひとつの手段だというのだ。

（井上登訳）

主人公パパ・ヤンナロス司祭は、この内戦のただなかでいずれにもつくことができず、ただひたすら愛を説いて和解への道を探ろうとする。武器も持たず、「ときに右を、ときに左を」見ながら、結局どちらにも与さないで、「もしキリストが再臨されたら、どちらの側につかれるのか？　黒軍の方か、赤軍の方か。それとも私同様に両腕を広げて、はらからよ、汝らの兄弟を愛しなさい。はらからよ、汝らの兄弟を愛しなさい！　と叫んで、どちらの側にもつかないでいるのだろうか？」と自問する。

神は、神ひとりだけでは、なにもできない。神には人間が必要なのだ、というある意味でじつに過激な転倒に支えられた思想。直観的な独白体でなければ描くことのできないなにものかをカザンツァキは三人称で押し進め、パパ・ヤンナロスに幾度もきびしい試練を課す。現代における信仰とは、信じることではなく問いつづけることであるとでも言うかのように、司祭はあるべき自分の位置を探り、そして神の位置を確認しようとする。「パパ・ヤンナロスはそれ〔木製の聖画〕をみつめて飽きることがない。眺めていると心はふるえ、彼の奥底でひとつの声が叫ぶのだった。／『ちがう！　ちがう！』しかしパパ・ヤンナロスには誰が叫んでいるのか、なぜ叫ぶのかわからなかった」。

彼の胸のうちで叫んでいるもの、それは悪魔であり、死神であり、まぎれもない自分自身、つまりひとりの人間だった。だが、神も悪魔も信じられなくなりそうな状態で、それでもあえて信じようとする状況に立たされ、やはり信じるほかないのだと心を決した瞬間、彼の額を弾丸がつらぬく。おなじ弾丸がやがて空白の頁をつらぬき、読む者の眼をつらぬく。「《神》は地震や火災ではなく、また奇蹟でもない。それは吹きすぎるそよ風だ」とパパ・ヤンナロスは言うのだが、この世には神をそよ風だと感じる人間が必要なのであり、しかも人間はそのそよ風が神だと気づかぬままあおられているのだ。パパ・ヤンナロスは叫び声も立てずに倒れた。絶望はしても、絶望の声はあげなかった。呑み込まれたその声は、おなじく全面的な戦いに身を委ねようとする直前の日本と中国を舞台にした『石の庭』の奥にも低くこだまし、友人が一蹴したカザンツァキ最晩年の『アシジの貧者』の主題とまっすぐにつながっているようだった。

純粋で、過激で、そのぶんだけ痛ましくもある意志。「神」や「聖書」といった道具立ては、カザンツァキにとって、そしてアシジのフランチェスコにとってあまり意味がない。神の言葉の「解釈」についやされた言説とも彼らは縁がない。闘いはまず自分に向けられ、なにかを頼り、教えを請うよりさきにそれを体感し、乗り越えていこうとするからだ。遍歴中に出会った多くの先達たちの教えも、彼ら自身がべつなかたちで心に刻みつけられていた思想の萌芽が、時宜を得てその姿を現したとするほうがむしろ正確だろう。この意味で、フランチェスコもカザンツァキも「想起」のひとである。そして、想起の回路を動かすものこそが「行動」だった。行動が思考であり、行動と思考の速さが一致したときはじめて不可視の存在に近づくことができ、そのすべての土台に、いたるところで繰り返される「自由」があるのだ。理解の行き届かないまま、カザンツァキの世界をそんなふうに受け止めた私は、ほどなく仏語訳で入手した自伝『グレコへの手紙』（ミシェル・ソニエ訳、プレス・ポケット、一九八八年）の、幼年時代の思い出を語った章のなかにつぎのような一節を見出した。

子どものころ、あらゆる果物のなかで、さくらんぼが好きだったことを私は覚えている。桶一杯の水のなかにさくらんぼを投げ込んで、私は身をかがめ、じっとみつめていた。――黒もしくは赤の固いさくらんぼ。それらは、水に入るとすぐに大きくなっていった。ところが、引き出すとまた、だんだんちいさくなっていくのを、おおいに気落ちして眺めていたものだ。すると、私は、さくらんぼがちいさくなるのを見ないように、眼を閉じて、見えたとおりの巨大なさくらんぼを口に押し込んだのである。

この些細な事柄が、年老いた現在まで、現実を見つめる私のあらゆる方法を示している。（拙訳）

カザンツァキの作品の随所に見られる一種の幻視者めいたまなざしが、このささやかな記述によくあらわれている。水のなかで大きく見えるさくらんぼを「現実」と見なし、逆に、水から取りだしたほんとうのさくらんぼをほんとうだとは見ないで、あえて大きな幻想を食べる。ニコス少年にとってたいせつだったのは、かならずしも真の現実ではなく、自分にとってたいせつなものが虚だとわかっていながらそれを虚だとせず、あえて現実だと言い聞かせていく姿勢だった。だからこの挿話は、自伝的小説のなかでもきわめて重要な位置を占めていると言っていいのだが、子ども時代の美しいヴィジョンを、カザンツァキは長ずるにつれ、つまり現実を知るにつれて、次第に冷静にとらえるようになる。ちいさくなるさくらんぼという現実を見すえたとき、それを無視しては飲み込めなくなってくるのだ。水のなかでゆがんだり揺れたりしながらぽわんと存在する大きな果実を、心の底から信じてしまってよいものだろうか、と彼はとまどう。幻視者でありながらおそるべき明晰さをそなえてもいたこの人物には、虚実の重みが、あまりにはっきり見えてしまうのだった。

『アシジの貧者』からはじまったカザンツァキとのつきあいはその後も途切れずにつづき、ぬるいと否定された『アレクシス・ゾルバ』も、ジュールズ・ダッシンが『宿命』というタイトルで映画化した『十字架につけられるキリスト』も、簡潔にして雄渾な文体に背中を押されるように読み進めていった。だから、そのきっかけとなったサン・フランチェスコに向きあおうとするジュリアン・グリーンの本を目にしたとき、どうしてもこのふたつを較べてみたいという誘惑から逃れることができなかったのである。カザンツァキが『アシジの貧者』を書いたのはすでに晩年、一九五〇年代で、ギリシアの国情がますます悪化していたうえに、ちょうどフランチェスコが患ったように目をやられて失明の危機にあった。じじつ、カザンツァキは治療のために、本書の執筆をしばしば中断している。

ところで、カザンツァキのフランチェスコは、重厚とはいわないまでも、前のめりの速度感にあふれる語り口の叙事詩で、読後はジオットが残したやや甘い肖像ではなく、憑かれたようなまなざしのチマブエのほうを取りたくなる。ときにひどく涙もろい見者

＝賢者。不可視の存在にむかってひたすら進んでいくひとりの闘士といってもいいフランチェスコには、アレクシス・ゾルバのやさしさも見られないではないけれど、それ以上に、『兄弟殺し』のパパ・ヤンナロスの衝動的とも言える暗さのほうが支配的である。カザンツァキはその深淵を踏み台にして自分を救おうとするのではなく読者にそのままゆだね、彼自身には底になにがあるのか——ちいさなさくらんぼが——よく見えていたはずなのに、あえてそれを明らかにすることを避けるかのように、兄弟レオーネによる随伴記の形式が選ばれている。当時もいまも、私は徹底的に宗教から遠い人間だし、清貧とも慈愛とも縁がない。それでもこの兄弟レオーネが、現世への、女性への食欲を断ち切れないまま、いってみれば踏ん切りのつかないままついていってしまうフランチェスコの背後にはおごそかな光がある、と感じたものだ。

他方、ジュリアン・グリーンの『アシジの聖フランチェスコ』では、より人間的で地上的なものへの愛情を不可視のものと等価に見ていく視点が、カザンツァキよりもはるかにつよく打ち出されていた。グリーンはフランチェスコ・ベルナルドーネの幼年時代から青年時代まで、すなわち「成り上がり」の一家の来歴、放縦もよしとしていた当時のアシジの祭や宗教教育、そして他業種の仲間たちと行商に出る父親についての修行、吟遊詩人たちの声に魅惑され、上機嫌な彼の性格に付け加えられた歌と踊り、ペルージャとの戦闘で捕虜となって耐え忍んだ一年におよぶ牢獄生活など、当時の時代背景に目を配りながら、聖人の足跡をひとつひとつ、丁寧に描き出していく。

出獄したものの、湿った牢獄の空気にやられて肺を冒され、病に伏していたのが二十二歳のとき。カザンツァキが大胆な略筆で処理している部分を、プロテスタントからの改宗者であるグリーンはしっかりおさえ、その生涯をかんでふくめるような語りで生き直す。聖人の歩みはつねに直截で、ときにその実直さのあまり過激になりこそすれ、カザンツァキふうの慟哭やフランチェスコの「かたわらに」いつづけた兄弟たちの内なる葛藤と無力感の意義があからさまに示されることはない。

だが、それゆえに聴取されるおだやかな声は、まぎれもないジュリアン・グリーンそのひとのものだとも言えて、私はおなじ対象を描いてこれほど色合いの異なる作家という人種の幻視の力をあらためて認識することになった。先に引いたカザンツァキ少年とさくらんぼのエピソードなどは、たとえばグリーンがその『日記』のなかで描いていたとしてもなんの違和感もないものなのに、そこから育っていった不可視へのまなざしはみごとに別々の方向へとずれていく。そして、そのずれにこそ、ふたりの書き手のなかの信用するに足る視線を、ずれてもなおゆるがないひとつの奇蹟に似た符号を読むべきだ、と思うのだった。

そう、すくなくとも文学の世界においては、奇蹟と呼びうるものがいつだって存在する。それを引き出せるかどうかは、受け取る側の問題なのだ。カザンツァキへの愛を激しく吐露した友人と、教科書なんぞ開きもせず私語ばかり重ねていたあのフランス語の教室の前方、陽の当たらないさみしい教壇のうえで背筋を伸ばし、いたってまじめな口調で文法のいろはを根気よく伝授してくださっていたひとが『兄弟殺し』の、そして、階段教室の壇上でやや猫背気味に立ち、ときおり首を傾けながら聖者のやさしさで西欧文学との対話の仕方を語ってくれていたひとが『石の庭』と『アシジの貧者』の訳者であり稀有な詩人でもあるとはすぐに気づかぬままむなしく時を過ごしていた私は、要するにそのありうべき奇蹟をつかみ損ねた悪しき典型と言うべきだろう。しかしまた、フルヴィオ・ロイターの写真をたどりながら、あのときの情けない気持ちをよみがえらせ、ふたりの作者に、ふたりの先生方に、いまさらながらの謝辞を述べようという気になっただけでも、不可視なるものの存在のご加護はあったのだ、と考えておくことにしたい。

愛の渇きについて

モリ・アキさんて、いったいだれなのか？　姓名ではなく下の名前だけのモリアキさんのことなのだろうか？　相手の話は男とも女ともとれる内容だったし、電話線のむこう——私たちは有線電話で結ばれていた——にいるその人物はもごもごとしたしゃべり方で舌足らず、おまけに声もかすれているという、口頭での意思疎通がむかしから非常にむずかしかった知人で、全国共通の単語に郷里の方言から来ているらしい抑揚が付加されるものだから、いまだに意味のとれない場合がある。私は私で、疲れがたまると聴力のみならず判断力まで落ちてくるので、聞き返したり類推したりすることができなくなってくる。

おれたちが学生のころまではまだ読まれてたよなあ、としみじみ言われて、モリ・アキなる女性はうかつにも知らずにいた小説家なのかと身がまえ、あれでなかなか時事にも通じていて、生真面目そうに見えるけれど、写真だけ見るとけっこう好き者の雰囲気もあったしさ、とあらたな情報が開示されるや、待てよ、男性の名前かもしれないと混乱を来たして、モリ・アキさんなる女性の、想像のなかでは丸顔で目がぱっちりして小柄な姿形がぼやけていく。

下の名前だけの場合なら、まちがいなく男性だろう。ただ、話の流れからするとかなり著名な人物らしいし、わが知人がそのような人物を親しげに呼び捨てにできるはずもない。わからないことをわからないと言い、その場できちんとたしかめる勇気を持たない私は、こうなるともう流れに従うほかなくなってしまうのだ。すると彼は、ていうかさ、おれはおまえに借りて読んだんだよ、「てれえずですけいるう」とか「愛のサバッキ」とかを、文庫本で。

そこでようやく理解できた。電話口で消え入りそうに響いていたその名は、モリ・アキでもモリアキでも、あるいはコナン・ドイルの小説に出てくるモリアーティでもなくて、モーリアックだったのだ。知人はむかしから「カ」行の発音が苦手で、音引きをつねに無視するうえ、他のすべての音は無傷なのに「キ」の音だけ口蓋の奥で歯をかみ合わせず、空気をちいさく爆裂させるふうに押し出して、「ク」を「キ」に近い音で発する癖がある。

彼の記憶どおり、私にはフランソワ・モーリアックばかり読んでいた一時期があった。杉捷夫訳の新潮文庫版で『テレーズ・デスケイルゥ』と『愛の砂漠』を堪能したあと、春秋社版の著作集がまだ刊行途中だったこともあって、しかたなく銀座の洋書店の回転棚でまとめ買いした『蝮のからみあい』『火の河』『夜の終わり』などの濃厚な文章を眺め暮らし、ボルドー生まれの小説家の、たき火にあたったあとの火照りに似た、それでいてかさかさと乾いた文章の気韻にずいぶん酔わされたものだった。ともあれ、電話口での聞きまちがいのおかげで私はモーリアックを再読したくなり、酷熱のある日、『愛の砂漠』（昭和五十六年、第三十九刷）を引っ張り出したのである。

> その女がはいって来た。山の深い帽子が顔の上半分を隠し、時が女の年齢を容赦なく刻む頤だけしか見せていなかった。四十という年がこの顔の半分のあちらこちらに攻撃の跡を見せていた。皮膚に皺を寄せ、牛の首の皮のようなたるみを作り始めていた。毛皮の外套の下で、体は小さくちぢまっているに相違ない。闘牛が控え室から飛び出したときのようにまぶしい光に目がくらんで、女はバーの入口で立ち止った。

レイモン・クーレージュは、パリの酒場で、十八歳のとき夢中になった女性マリア・クロースを、十七年ぶりに見かける。レイモンはボルドーの出身で、ブローカーまがいの仕事で身を立てているのだが、この思いがけない再会の瞬間から時間は過去へとさかのぼっていく。一人称の回想形式を取るのかといえばそうではなくて、語りを推し進める作家の技法は、サルトルに難じられたあの神の視点をあたりまえのように引き受けて成り立つ光の当て方になっている。「牛の首の皮のようなたるみ」とあるのは fanon の訳語で、仏和辞典を引くとたしかにそのような意味が記されており、西洋の女性の衰え方の事例に映画のなかでしか触れていなかった当時は少々大げさに響いたものだが、皮が張りなく垂れてきて、と訳すのと、「牛」の一語をざっくり挿入するのとでは、女性の首筋にたいする愛の輪郭が異なるわけで、マリア・クロースとかわらぬ年齢となったいまでは、残酷な言い方ではあれ、「牛の皮」のほうがかえって味わい深い。マリアと十字架《クロース》の組み合わせに託された女性の一種の聖性が、それによってひどくグロテスクな相貌を帯びることにもなるからだ。

（……）女は、帽子をかぶっているのが自分だけなのを見て、いきなり帽子を脱ぐと、鏡に向って、刈り上げたばかりの断髪を振った。目が、大きな穏やかな目が、現われた。それから広い額が。色の濃い髪の毛の若々しい七つのカールでくっきりとかぎられている。この顔の上半分に、この女のまだ若さの名残りを蔵《しま》っているすべてが集中されていた。短く切った髪、脂肪のついてきた体、それに、首から発して唇と頬の上へ上って行っているこの緩慢な破壊作業にもかかわらず、レイモンはその顔を見たときに、すぐわかった。子供の時分に歩いた道に見覚えがあるように、その顔がすぐわかった。暗い陰を落していた槲《かしわ》の木が、切り倒されていても、わかるようにすぐわかった。

レイモンが主人公だとばかり思っていると、そこに医師でありドクトルと呼ばれている父親のポール・クーレージュ（杉訳ではポル）とその妻、娘夫婦が視野に入ってくる。マリア・クロースはなにかとよからぬ噂の立っている女性なのだが、ドクトルにとっては患者でもあり不毛な想いを寄せる相手でもあって、かつてのクーレージュ家の不和の原因は、このマリアの存在にあった。当時、彼女は六歳になるひとり息子を亡くしたばかりで、ドクトルがお悔やみに出かけてくると言うと、妻はマリアの行状をあれこれ難じたあげく、神の裁きがあってしかるべきだとまで述べて夫の怒りを買う。夫への愛を示そうとすればするほど心を遠ざけてしまう言葉の恐ろしさに妻はうちひしがれ、うちひしがれている妻を鬱陶しく感じながら、ドクトルは主治医として彼女のもとへと出向く。

読者は、レイモンの心のなかから徐々に踏み出してフラッシュバックを重ねる作者にあやつられ、ドクトルの後ろ姿に、複雑な家庭とそのすぐ外側に接するべつの愛情の成り立ちの根源をうかがうことになる。代表作として文学史にかならず記載されている『テレーズ・デスケイルゥ』(一九二七)の二年まえに書かれたこの作品が、過去と現在を交互に行き来するその転轍のさばきぐあいのなめらかさと、場面の切れ目ごとにただようなんともいいようのない殺伐とした香気の質においてむしろ『テレーズ』よりすぐれているのではないかという、初読の折の感想を私は思い出した。

モーリアックを高く評価していたエドモン・ジャルーが指摘するように、『愛の砂漠』には、独身者や恋人同士の視野に収まる恋愛や不倫ではなく、家族の劇のなかに根を張った不毛の愛が変奏されている。食卓での息のつまるような会話や、その先になにを求め、どこに落ち着こうとするのかが見えてこない心の探り合いの力学が、愛の当事者たちの問題と同等の重さを持っているのだ。たとえ家族であっても、わかっているようでいてわかっていないのが人間なのだから、その意味ではありきたりな設定に見えるのだが、そういうかさついたすれちがいを演じつつも、心の底から憎み合っているわけではない点により深い愛の断絶があることをもこの小説は訴えてくる。クーレージュ家の面々は、憎しみをもたずして憎しみを生み、愛と愛との階調が異なるために、一度に鳴らすと不協和音になってしまうのだ。

そのような砂漠のなかで、ドクトルはマリア・クロースという女に純然たる肉の欲望を根にした愛を抱き、彼女に会うために日々悶々として忙しい時間をやりくりする。会うたびになんとか気持ちを伝えようと身構えるのだが、彼女はドクトルの気持ちに気づかないふりをする。そして「ドクトルに捧げる無理強いの崇拝がドクトルの恋を絶望に陥れ」、「彼の欲望はこの讃美で塗りつぶされ、ふさがれてしまう」。きちんとした仕事を持ち、家庭を養っている五十男の、醜くも美しい、浅薄だがおおいに共感できそうな恋、と簡単に片づけることのできない、歪んだ力線が引き合う恋愛劇。

ところが、ここで思いもよらぬ恋敵が、というより秘密の共有者が生まれる。それが冒頭で、四十歳を超えたマリアから目を離すことのできなかった息子のレイモンだ。反抗しつつも万事親がかりで、見かけとは裏腹にひどく臆病な少年が、ある日、偶然にも列車のなかで出会ったマリア・クロースのまなざしひとつで生まれ変わる。「最初の一鍬《くわ》が完全な立像の一部を白日の下に掘り出すように、マリア・クロースの一瞥が薄ぎたない中学生の中から新しい人間を躍り出させたのだった」と作者が出会いの楔を打ち込んだ少年は、以後、身なりに気をくばり、自制心を養い、彼女に会うためだけに、毎夕おなじ列車に乗ろうとする。

息子の墓参りを日課にしていたマリアが、労働者たちのつめこまれたその列車のなかで、どこのだれとも知らない少年の熱いまなざしを浴びることをひとつの喜びと感じるようになるまでに、あまり時間はかからなかった。ドクトルがそのなかに聖女を見ているほどの女性が、今度ははるか年下の少年ときわどい愛の心理合戦をおこなう。おそろしいまでに理詰めの心理分析が、背徳のにおいを発する手前で霧にまかれて行き先を見失うような展開。彼女の言動は、最終的にレイモンを、ドクトルを、そして自分自身を追いつめていく。

砂漠は、ドクトルの家族のあいだにも横たわり、また、三人のあいだにも果てしなくひろがっている。空想のなかで彼は妻と別れ、マリアといっしょになろうと申し出る。そのときの台詞には「あの妻と、あの娘と、あの息子から私を隔てている砂漠の広さを、あなたには測ることはできまい」とあるのだが、ふたつの砂漠のうち前者にはオアシスがあり、後者にはない。そうこうするうち、ドクトルは狭心症の発作で倒れ、往診も断って静養に入る。ところが、夜半、マリア・クロースが窓から墜ちて頭を強く打ったという報せが入り、妻に秘められた想いを悟られるほどのうろたえかたで飛んでいくのだ。

この場面の激しさと、やがて訪れる絶望の高まり。マリアの寝ている寝台に近づき、額の湿布を取りのけようとした彼の視野には、「あんなにたびたび、頭の中で着物を脱がせた体が」目に入らない。医師としての倫理と恋の苦悩、そして、マリアに身体の関係を迫ろうとして体よく拒否され、それが生涯の傷として残されるレイモンの影が、夜の寝台のうえで交錯する。オアシスは、自分でつくらなければならない。疲れたとき、その疲れを癒しはしなくとも、疲れているのだという気持ちをそらしてくれるもの、それがオアシスなのだ。

モーリアックは、『小説家と作中人物』のなかで、ドクトルは当初端役にすぎなかったのだが、いつしか勝手に動き出してしまったと述べている。レイモンに目を注いでいたのに、やがてその父親の占める位置が大きくなっていったという経緯は、読者の感覚としても「自然」なものだろう。マリアをめぐる男性がふたり用意されないかぎり、砂漠での三角測量は不可能になるからだ。マリアは悪女なのか？　まるで気のあわない父子を、戦争を挟んでそれぞれ二十年近くも苦しめつづけたマリア・クロースとはなにものなのか？

歴代の悪女の例に漏れず、彼女は自分の砂漠を、横断できない砂漠を持っている。冒頭で、三十代なかばになったかつての少年を認識したときにも、彼女はまだその砂漠のなかにいた。酒場でマリアの夫が酔いつぶれて血を流し、医者が見つからずに困っているところを、レイモンが救う。パリにたまたま父親が来ているからと、自身もまた何年か会っていなかったドクトルをホテルから呼び出すのだ。窓から身を投げるようにしてドクトルを呼び寄せた場面が前半の山とすれば、予想外の三者会談はそれに対応する山となる。老いたドクトルは、この期に及んでまたつきあいたいとほのめかすが、マリアはレイモンともども彼を追い返すようにして帰らせる。そして、意識を取り戻した夫にむかってむりに笑みを浮かべたあと、枕に顔をおしつけて泣く。彼女はそこで、自分の砂漠がなおもひろいことを知り、この涙が悔恨の涙であると同時に、自身が残した、たったひとつのオアシスだと悟るのだ。そしてレイモンは、父を駅に見送りにいく途中、ひとりごちる。

もう一度あの老人を抱いて接吻したい気持が湧いてきた。単純な、息子としての気持に過ぎなかった。だが、二人のあいだには、別の血のつながりが結ばれている。もっと秘密なきずな、マリア・クロースを仲介として二人はつながっているのだ。

砂漠は消えない。生きているかぎり、それはどんどん拡大していく。いや、拡大するまえに、個々の砂漠がつながってしまうのだ。過去と現在が、こうして円環を閉じる。ドクトルの乗った列車はまたおなじ駅にもどって、まわりつづける。終わりのないこの円環こそが愛の砂漠なのだ。そんなふうに読んで若かった私は興奮し、友人に本を貸したりしたのだろう。

それがめぐりめぐって、「サバッキ」として立ち返ってきたのである。何年も音信のなかったその知人がなぜ電話をよこしたかといえば、仲人とまではいかないまでも、あるいきさつがあって私が紹介し、やがて結ばれた奥さんと正式に別れたことを報告するためだった。この「本題」はながいながい前振りを経て口にされたもので、別れた原因は、奥さんのアルコール依存症だったという。酒の席でいっしょになることもあったけれど、何人で集まっても下戸は私と彼女くらいのものだったから、いくら二十年近くの歳月が流れているとはいえお酒で身を崩したとはどうしても信じられなかった。

自身もだいぶ酔っているらしい知人の口から飛び出してくる言葉は、砂漠も修羅場も酒乱も、ぜんぶ外国人の名前のように響いていた。サバッキ、シュラーバ、シュラン。それなのに、いったいどうしてモーリアッキだけが「モリ・アキ」さんになったのだろう。同世代の夫婦のあいだにどんな砂漠がひろがっていたのか、子どもがいないだけまだよかったと思いこそすれ、その不幸の発端にかかわった責任を感じつつ私は電話を切った。そして、その後もうだうだ考えつづけ、昨年につづいてむなしく打ち過ごした夏の終わりの風につぎの季節への想いを乗せているうち、思い当たったのだ。「あいつ」とか「女房」としか言わなかったからそれで適当にうなずいていたけれど、いまは施設に入って治療中だという元奥さんの名に、来るべき季節とおなじ漢字一字がふくまれていたことに。私は彼女が苦しんでいるであろう切実な喉の渇きに、不毛な愛の砂漠を重ねることしかできなかった。

十三日の金曜日ふたたび

ぞんざいなもの言いをする、字をぞんざいに書く、教師をぞんざいに扱う、ぞんざいな口をきく。お年寄りの多い環境なら、はやい時期に日常語として覚える言葉かもしれないけれど、聞いてわかるのと自分で的確に運用しうるのとでは話がべつで、私自身が右の例文のごとき日本語をすらすらと口にしたことはほとんどないような気がする。自分の語彙に「ぞんざい」という言葉が入ってきた時期をあらためて探ってみると、どうもはっきりしない。少なくとも、同世代の仲間との会話のなかではほとんど用いていなかったのではないか。子どものころには、当時四十代なかばくらいだった先生方にくらった叱責のなかにしばしば「ぞんざい」の一語が使われていたし、こちらもその言いまわしを古くさいとは感じていなかった。ひとから借りた教科書や図書館の本をぞんざいに扱っていると罰が当たりますよ。廊下を雑巾がけするのに雑巾そのものをぞんざいに扱ってたら廊下もけっしてきれいになりませんよ。毎日そんなふうに叱られていた子どもたちがキョトンとしていた記憶はないから、語句を正確に定義づけることはできなかったにせよ、言わんとするところは伝わっていたはずである。それなのに、おなじことを友だちどうしで表現しようとする場合には、「ぞんざい」ではなく、それこそ雑巾のように「雑」のひとことで済ませていた。あいつはなにやるにも雑だからなあ、おれのグラブを雑に扱うな、というぐあいで、そういう環境で耳にすると、「ぞんざい」は、よく使われる表現であるにもかかわらず、とても稀少で丁寧な印象さえ与えるのだった。似たような状況でまず耳から記憶したものに、「ずさん」がある。こちらも同年代の仲間ではなく目上の人間から、ずさんな計画、ずさんな作りといった言い方で何度も注意されているうちに覚えたのだろうが、それもまたいつのことだったかよくわからない。「ぞんざい」よりは周囲の使用頻度が高く、その音をたしかめたいばかりに、目立たないところでそっと口にしてみたこともあったけれど、小学校の高学年くらいにはもう、聞いて納得できても自分ではあまり使わない言葉のひとつに入っていた。

それにしても、「ぞんざい」といい「ずさん」といい、ずるずるざらざらと妙にひっかかりのある、その意味する内容にぴったりの音で、とくに後者について言うと、私は一時これがなにかの擬音であると信じて疑わなかった。たとえば、重いものがずさんと落ちる、大雨で崖がずさんと崩れてくる、というような使い方があってもいいのではないかと思っていたので、のちにそれが漢字で「杜撰」と表記可能であり、しかも一説によると宋の時代の杜黙なる人物に由来し、杜黙の詩は韻律を無視していたため、そこから手抜きや約束事をまもらないいいかげんな態度を指すようになった、と教えられたときには、なにか裏切られたような気がしたものである。

ならば、「ぞんざい」は漢字表記できるのだろうか。図書館で手にしえた辞書類にはすべて平仮名でしか記されておらず、おまけに語源に関する説明もない。いま手もとにあるわずかな辞書を参照してみても、『新明解』に「存在」が借字だとあるくらいで、語源は不詳とされているようだ。こんなことを書き連ねているのは、若者たちに短い文章を配布して順々に音読してもらったとき、ある青年が、常識からしても文脈からしても「そんざい」でしかありえない二文字を「ぞんざい」と濁音で読み、ちょっとした勘ちがいだろうと訂正をうながしたところ、驚くなかれ、ずっと「ぞんざい」だと思っていたと告白してこちらを呆然とさせたことがあったからだ。おまけに彼は、いいかげんという意味での「ぞんざい」を知らなかったのである。

そこで、「存在」の一語をめぐってあれこれ話をし、流れでサルトルの『存在と無』——の内容ではなく、タイトル——に触れているうち、妙なことを思いついた。フランス語では初級文法の筆頭に置かれるくらいたいせつな動詞の、名詞としての用法だから誤解のしようもないけれど、漢字表記の邦題にした場合には、「ぞんざい・と・む」と読めないこともない。そういう「ぞんざいな」読み方をしたほうが、むしろあの厚い本との距離が縮まるのではないか。

じっさい、派生語にして『ぞんざいさと無』だとか、『ぞんざいな無』だとかに変形させれば、いつか書かれるべき本の表題として、なかなか魅力的なものに見えてくる。かならずしも気を抜く、手を抜く、という意味ではない、適度な攻めとしての「ぞんざいさ」がどうしても必要な人間も世の中にはいて、彼らにとって「存在」は、「ぞんざい」と「そんざい」の双方をふくんでこそ成り立つ言葉なのだ。とすれば、先の青年が発した「ぞんざい・と・む」はひとつの啓示ともなりうるかもしれない。そう考えたところで当日はお開きとなったのだが、じゃあまた来週、と言いながら手帖を繰ると、十三日の金曜日に当たっていた。私はそこでようやく、サルトルの名を出したときから頭の隅で明滅していた、かすかな灯りの正体を探り当てることができたのだった。

その冬の日も、十三日の金曜日だった。十三日の金曜日はどんな年にもあるのだし、知識としてではなく体感としてそれを気にする習慣も持ち合わせていないのだが、一九八四年一月、学部の二年も終わりに近づいてきたころ、私は週末まで体力がもたず、金曜日ともなると昼間のうちは部屋でごろごろして本を読んだり音楽を聴いたりしているだけで、登録した必修の授業にもほとんど出ていなかった。ところがその日、間近に迫った定期試験のために友人からいくつかの講義ノートを借りる約束をしていて、それを逃すと先方の都合でかなり後まわしになることがわかっていたから——彼はノートの貸し屋で、ふだんはそれで金を取って小遣い稼ぎをしていた——、重い身体にむち打ち、よりによってこんな週末の休養日に呼びつけるとはなにごとかと理不尽な怒りを鎮めながら、出しなにカレンダーに眼をやると十三日の金曜日で、ふだんはなんの気にも障らないその偶然の差配がひどく意味ありげに思えたりしたのだった。指定された時間は午後だったので、少しはやめに出かけて古本屋を何軒か流したあと、現在は書店になっている大講堂脇の食堂で、私はいちばん安い肉なしのカレーをぐずぐずと食べはじめた。

　ところが、ほどなく食事を中断せざるを得なくなったのである。それまでひとりだったテーブルに、大講堂で練習しているバレー部の面々が大きなお盆にそれぞれ複数のメニューを載せてやってきて、私をガラス窓と壁の接する角に、将棋でいう穴熊のように追い込んだからだ。こちらは小柄なうえに座っていて、おまけに食べものを口に入れようと頭を下げている状態だったから、二メートル近い大男たちが何人もトレーを持って接近してくるのを見あげても、最初はトレーの裏側しか見えなかったのだが、みな無言で着席し、運ばれたものがずらりとひろげられると、その分量に度肝を抜かした。テーブルがまったく見えない、立錐の余地のない状態で、ひもじくカレーを抱えた小熊がひと匙ふた匙食べるあいだに彼らグリズリーはカレーの大盛りを平らげ、こちらが三匙四匙食べ進めるあいだに二杯目までもすっかり片づけてしまうと、やれ、つぎは天ぷらそばだオムライスだと怒濤の勢いで食べまくった。

やがてすさまじい音を引き裂くように、厨房のおばさんが、スタミナランチのお客さん、できましたよお、と叫んだ。それを合図にいちばんの後輩とおぼしき男がふたり立ちあがり、数人分の鉄板焼きを軽々と運んできたのだが、下ろそうとしたときパイプ椅子の脚につまずいて、熱々の料理をテーブルのどまんなかにぶちまけてしまったからさあたいへん、汁物は飛び散りプラスチックの容器にはひびが入り、ただでさえ汗くさいユニフォームに無惨なグレービーソースが張り付いた。私の貴重なカレーにもそのとばっちりがかかり、おお、と声にならぬ声を出した小熊に彼らは平身低頭、申し訳ありません、弁償します、もう一杯ごちそうしますと繰り返す。

なんだかもう食べる気がしなくなって、十三日の金曜日とはこれだったかと思いながら、大丈夫です、気にしないでくださいと断わると、まとめ役らしい男が失態をおかした下級生のひとりに、いきなり、おまえはそういうところがだめなんだ、足もとをちゃんと見ろ、ふだんボールを「ぞんざいに」扱ってるからこういうことになるんだ！　このひとの顔に直接当たってたりしたらどうするんだ！　と雷を落としたのである。食堂中の注目を集めた集団のなかできわだって背の低い私はいたたまれない気持ちで、なにごとにも動じないセッターを演じながら、立ちあがったままじっとしていた。彼らが椅子を引いて道を空けてくれるまで抜け出せなかったからだ。

しかし、それ以上に心を打ったのは、スタミナランチをだいなしにして放心状態にある男に放たれた、「ぞんざい」のひとことだったのである。ほとんど同年といっていい男の叱責の台詞に、かつてなかなか使いこなせなかった、あの「ぞんざい」がふくまれているなんて。私は軽い躁状態のまま食堂を出て、約束どおり掲示板のまえで落ち合った友人から無事に何冊かのノートを借り受けた。ところが返却の打ち合わせも済ませたとき、いつもは淡泊に別れるその男が、おまえ、さっき妙な連中にいじめられてたろう、と笑い出すではないか。食堂のガラス窓はちょっとした運動場くらいの広場に面していて外から丸見えなのである。友人はその広場の中央で練習をしていたトランポリン部の知り合いに問題のノートを届けている最中で、そこから窓ガラス越しに、私がひときわ縮こまっているのが見えたというのだ。一部始終を話すと友人は笑い転げ、なんだか気分がよくなったらしく、背後の掲示板ではなく中庭の隅を指さして、時間があるなら、あれを聴いてかないか、と言う。見ると、白い紙に墨汁で「松浪信三郎教授最終講義――私のコギト・エルゴ・スム」と書かれた看板が立っている。日時はまさにその日その時、時間割で言えば四時限目のいちばん眠い時間帯に、目と鼻の先の大教室でおこなわれるらしい。仏文科に籍を置きながら、私は『存在と無』の邦訳者の顔を見たことも、声を聴いたこともなかった。これが最後とあらば、出ないわけにもいかない。十三日の金曜日にはいろんなことがあるもんだと感心しつつ、ぞんざいならぬ存在と無の境地を知る哲学者の言葉を飲むために、その友人のあとについて、何百人だかが入る階段教室にむかった。業績と知名度からすれば当然かもしれないが、教室はほぼ満席、私は友人と別行動で、なかほどにかろうじて見出した席にわかれて座った。

はじめて見る松浪信三郎先生は、私のカレーの存在を無にしてしまったバレー部の選手にひけをとらない大柄で恰幅のいい方だった。この教室は通常べつの授業がおこなわれているのだが、今日は特別措置で最終講義を設定できたこと、つぎの時間にも授業が控えているので延長も質問もなしでぴったりに終わらなければならないことを述べてから、松浪先生は、これで教室で教える仕事からは足を洗えるという記念すべき日が十三日の金曜日で、それどころか仏滅にして三隣亡である不運にも触れられた。なるほど、三つも重なれば、滅多に大学には来ない学生を狂わせるだけの力になるだろうなと感心する間もなく、やわらかい口調で語られる話に、私はたちまち引き込まれた。

先日、あるひとから「実存」とは「じつぞん」と濁るのか「じつそん」と濁らないのか、どちらが正しいのかと問われて、ふつうは「じつぞん」と読んでいますと応えたのですが、振り返ってみると、これはたんに「存」の発音にとどまらない、なかなか重要な問題であると気づかされました、と先生は言う。「ある」「存在する」の意味で用いられるとき、「存」は、存す、存する、のようにほぼ清音になる。存立、存続、存亡、既存、現存、自存といった熟語も同様だ。これにたいして濁音で読むのは、考えたり思ったり、心の動きにかかわるときで、御存知、一存、所存、異存、存外などが思い浮かぶ。『歎異抄』や『明月記』からの引用もあったりして、かなり精緻な話にもなりかかったのだが、そこはもう記憶にない。

意識が関係するとき「存」が「ぞん」になるとするなら、みずからが「ぞんざい」であることを知っている自覚的な「そんざい」である人間にとっての現実存在をつづめた「実存」は、やはり「じつぞん」と濁音にすべきだろう。じっさい、パスカルの葦のごとく考える「そんざい」としての人間などは、「ぞん」する「そんざい」なのだから。したがって、最終講義のタイトルとしたデカルトの「コギト・エルゴ・スム」、すなわち「我思う、故に我在り」は、「我存（ぞん）す、ゆえに我存（そん）す」と言えるのではないか。「存」一語の清濁を生かせば、すっきり訳しうるのではないか。大ざっぱに言えばそのような内容で、最後に松浪先生は、まだこれは学会に発表していない新説であると、まんざらでもなさそうな顔で締めくくられたのだった。

以上の最終講義の模様は、一九八六年に河出書房新社から刊行された『半世界に生きる（旦旦旦語録）』に、そのものずばり、「十三日の金曜日、仏滅、三隣亡」として収められている。そこには私の記憶からは完全に抜け落ちている「存」の事例がほかにもいくつか挙げられていて、中身の濃い随想にもなっているのだが、この本を入手したのは、情けなくも「存在」を「ぞんざい」と読んだ学生と相対した今年の春、右のような記憶を引き出したあとのことだった。あの段階で未発表なのであれば、どういうかたちであれ、のちの著作でかならず触れられているはずだと類推して本書にたどり着いたわけで、「ぞんざい」事件がなければ思い出しもしなかったろうし、二十年まえに百何十円かだったカレーライスの半分近くを喪った悲しみまでよみがえってくることはなかっただろう。

あの日、私とおなじく直前まで最終講義があるなんて知らなかったらしいノート屋の友人は、それが仕事なのにノートもとらず話に聞き惚れ、私もまた、偶然が重なって特別な一日の特別な時間にその場に「ぞんざい」できたことに深く感謝した。たとえそのおおもとに、講義に出ないでノートを借りざるをえなくなったという、まことに「ぞんざい」な日常があったのだとしても。いや、それがあったからこそ私は得がたい機会にめぐまれたわけで、そんなふうに考えるなら、なげやりで乱暴な「ぞんざい」の当て字としては、やはり「存在」が最適だろう。要するに人間とは、存在《ぞんざい》な存在《そんざい》なのである。

月が出ていた

そのときは気が急いていたのと、はりぼてのように風景を殺いでいる巨大な箱物、というより殺がれたものがそのままひとつの風景をつくりあげている倉庫群のてっぺんにとりつけられた看板をずっと見あげていたせいで、たぶん真夏の陽光に目をやられていたのだろう。おおまかな位置関係だけでも確認しておけばあとで困ることもなかったろうに、だだっぴろい道路わきに巨大なコンテナを積みあげたトラックが死んだようにならんでいるだけで舗道には人っ子ひとりいないそのアスファルトの敷地にたつ陽炎のなかを、私はただ漫然と歩きつづけていた。

都心の一等地にある海運業者の受付で「荷渡し指示書」――係のひとは私がどれほど不案内な顔をしても、最後まで「デリヴァリー・オーダー」という言い方を変えようとしなかった――を発行してもらい、その古いビルの目のまえで拾ったタクシーの運転手に、A倉庫までお願いしますと地図を渡したのだが、そんなところへお客さんを乗せていくのははじめてですよと興奮気味に話しはじめ、おかげで右往左往してなかなか目的地にたどりつけなくなってしまった。運河をわたり、途方もない数のトラックが列をなしている埋め立て地の幹線道路に入るやいなや、ああ、これですこれです、と叫ぶからもう着いたのかと拍子抜けして財布を取り出そうとすると、これなんです、わたしがむかしやりたかったのは、とバックミラーをのぞきこむのではなくうしろを振り返った。こういう大型のコンテナを運ぶ仕事につきたくていくつかの会社へ面接に行ったんですが、ぜんぶだめだったんですよ、あんたは年齢が行き過ぎてるっていうのが不採用の理由でしたがね、でも、ちがうんですな、とそこで彼は語気をつよめた。

「わたしはいっぱい免許を持ってるんです。二種も大型もフォークリフトもタクシーも。おわかりですか？　そうなると、特別に手当をださなければならなくなるわけです。雇うほうはそれが嫌なんでしょう。まあしかし、その免許ってのもこれまで渡り歩いてきた会社のお金で取らせてもらったものですから、なにも文句は言えませんけれどね。自分の金で取った免許は普通免許だけですが、これで事故を起こして免停になったら、ひとつだけでなく、ぜんぶもっていかれちゃう。事故だけは気をつけたいし、じっさいわたしは安全運転でしょう？　信じられないでしょうが、いまはタクシーだってオートマ専門の免許があるんです。そのための教習所だってある。オートマタクシーの試験は週に二回しかなくて希望者も多いですから、一回失敗すると、また翌週に予約しなければならなくなる。マニュアルのほうは毎日試験があるんです。だからすぐに取れる。わたしは一回でパスしましたがね」

それほど車が好きで、それほどコンテナにあこがれを抱いているのであれば、税関の場所くらいすぐにわかるはずではないかと思うのだが、なぜか運転手は二度ほど車を降りて大型トレーラーのなかで仮眠している男を起こして道をたずね、その先を右にまっすぐ歩けば大丈夫というじつに曖昧なところで弁舌たくみに私を下ろしてしまった。

徒歩による移動という概念を完全に無視した町をいくつもたどってきたけれど、これほど殺風景で、これほど汚れを感じさせないところはなかった。海に近くなれば重油やゴミの匂いもただよってくるだろうし、隅から隅までおなじではないはずだが、なんというか、清掃業者の手が入ったあとの夢の島をさまよっているみたいな感覚なのだ。町役場を思わせる外観の、想像していたよりはるかに質素な目的の建物にたどりついたときには喉がからからに渇き、しかしTシャツもジーンズも海難に遭ったような濡れ方で、髪はべったりと海藻状態、眼鏡は完璧に水中用と化していた。

個人輸入と記された三階の受付まで、私はふらふらあがっていった。なにをどうしたらいいのかまったく頭が働かず、似たような汗のかき方をしているおじさんたちが数人、緑色の用紙になにやら細かい文字や数字を記入しているのが見えたのでそれにならえとばかりカウンターの隅々まで探してまわったのだが、そんな紙類はどこにも置かれていない。緑の紙、緑の紙、緑の紙、とつぶやきながら狭いフロアを行ったり来たりしていると、やさしそうなおじさんがカウンターのなかから出てきて、どうしました、と声をかけてくれたので事情を話した。緑の紙って、申請書類のことかね？　はい、と私。それなら、一階の食堂で売ってるよ。

タクシーの運転手といい税関のおじさんといい、どうしてこうも理不尽なのだろう。身体じゅうに粘ついていた汗がさらに噴き出すのをはっきりと意識しながら、申請書類を食堂で？　と私は聞き返した。そう、職員食堂で売ってますから、そこで買って、またここへ戻ってきてください、とあたりまえの顔で答える。半信半疑のまま苦労してのぼってきた階段をふたたび下り、かすかに食べものの匂いのするほうへ歩いていくと、客のひとりもいない食堂のレジにＡ４サイズの書類価格表が貼られていた。まちがいなく、一枚二十円で必要なものが売られているのだった。午後三時半、映画セットみたいな厨房で皿洗いをしている男のひとに、すみません、と手を振ると、すぐに出てきてくれる。どうしてこんなところで書類を売ってるんですか？　十円玉二枚と緑色の紙一枚を交換しながら聞いてみたら、さあ、どうしてでしょうねえ、ここで仕事をもらったときからずっとそうだったから言われるままやってるだけで、理由はわからないねえ、と男のひとは渋い顔をし、三階で売ればずいぶん楽だと思うんですけれど、と恨みがましくつづける私を憐憫に満ちた目で見つめた。

緑の紙を持ってふたたび三階にあがって行くと、さっきまでいた男衆はきれいに姿を消していた。これでは書き方を参考にしようにもお手本がない。するとさきほどのおじさんがまた寄ってきて、懇切丁寧に書類作成を手伝ってくれる。ここに輸入者の氏名、ここに住所と電話番号、それからここが輸出者の氏名と住所、その下が品目と代金。品目は、テーブル、ですか、うーん、とおじさんは黙り込み、あらためて私の身なりを上から下まで検分したあと、あなた、まったくの素人さんなんだね、いったいこの大きな荷物をどうするんですか、と心配そうに言うのだった。

「車がないんでしょう？ 検品があるんだよ、これは。検品っていうのはね、荷物を保管してくれてる海運業者の倉庫でじゃなくて、この税関の裏手でやるわけです、よろしいですか、倉庫からこのでかいのを運んできて、ここでX線検査をして、問題があったら開封して調べる、それだけじゃない、調べたものをまた倉庫に戻すんですよ、そこでやっと手続き完了になる。だから、往復するためのトラックかなにかが必要になるんだけれど、なにもお聞きになってないですか？」

そもそものはじまりは、十年以上まえ、留学生時代に大型本の店で手にした、一冊の展覧会カタログだった。といっても、それは回顧展を機にロッテルダムの出版社が刊行した立派なクロース装の本で、白と銀と黒で構成された美しいカバーには、プライウッドを用いた、五〇年代の意匠もあらわな脚のほそい椅子がひとつレイアウトされている。アメリカ的な合理性と北欧的な繊細さ、他の才能に学んだ痕跡を完全に隠してしまわないで残しておくある種のつつしみと思い切りのよさ、そしてコンパス状に足をひろげた白鳥のごとき姿かたちの、宙に浮かんだような軽やかさ。私は通りから見える飾り棚で、当時すでに収集家たちの標的になりつつあったジャン・プルーヴェの影響があきらかなその椅子の写真を見つけて、すっかり引きつけられてしまった。意を決して手にとってみると、巻末に製作者の略歴を少しくわしくした程度の英語の紹介文があるきりで、あとはすべてオランダ語で記されており、写真とその下の寸法以外はなにひとつ解読できなかった。

解きあかせないことばで埋め尽くされた本を買う。そんな快楽にふけるにはあまりに懐がさみしかったけれど、眼福を考えればかならずしも贅沢とは呼べないだろうとその大判の本を抱えて帰り、大学や大手企業や空港や街路で用いられることを前提に描かれた、ごくあたりまえの家具と小道具の図版の抑制された官能に見とれた。実用に耐えるものだけが備えている美のあらわれ。私を捉えたのは写真であって現物ではなかったのだが、注意してみると、パリのあちこちに、その本の表紙に用いられていた椅子が飾られていたのである。一度、売りものに腰をおろしてみたら、姿の軽やかな美しさは言うまでもなく、座面がひろく、背板に微妙なしなりがあって、たいへんに座り心地がいい。しかしそれよりもなお使いやすそうだと感心したのは、天板の材質をリノリウムとフォーマイカから選ぶことのできる会議用の小テーブルだった。私がそのとき手を触れたのは耐熱処理をした黒のリノリウム天板だったが、切り傷やなにかをぶつけたあとの凹みやぜんたいの経年劣化のおかげで、微妙な光りかげんに熟成されている。七〇×一五〇センチくらいの、調べものをしたりするのにちょうどいいひろさで、これならコの字型に本を積みあげても辞書やノートをひろげる空間が残るし、肘をついたときのひんやりした感触も悪くない。こんな机があったらさぞかし勉強もはかどるだろう。

そんな根拠のない夢想をふくらませて店を出てから十数年後、東京の某所でまずは椅子を、それから二度ほど、リノリウムの色と大きさは異なるけれど、おなじシリーズのテーブルを目にした。見ると、かつて私が記憶にとどめた数字とあまりにかけはなれた値札が下げられている。おまけに状態のよい椅子はペアでしか譲らないと言われたり、脚部の色が好みでなかったりとすれちがいが多く、やっぱりこういう人名を冠した立派なものは性に合わないから、写真や本でたのしむだけにしておこうと、なんどか大判の本を買っているブリュッセルの古本屋に情報提供をもとめたのである。すると、なにを勘ちがいしたのか、そのテーブルならアントウェルペンに住んでいる知人がちょうど売りに出している、興味があるなら連絡をくれ、日本行きの船がもうじき出るらしいからと、妙に先走った展開で写真を送ってくれたのだ。

半端ものの椅子三脚とテーブル一台。価格は、もしそれが本物であれば信じられないほど安価で、輸送費その他の費用をふくめても市販の半額に満たない。その古本屋の知人が経営している中古家具屋は、テーブルの下側に椅子をたたみ込んで入れるので箱はひとつで大丈夫、輸送費はテーブルだけの場合と変わらないはずだ、とさりげなくも説得力に満ちたセールスを展開し、手描きの図まで添えてきていた。それを見たとたん、椅子がどうのテーブルがどうのという以前に、「古本屋を仲介にして家具を買う」という道理を欠いたふるまいそのものに私は魅せられてしまったのである。わが家にも勤め先にも置き場所はない。けれど、どうせ足の踏み場もない仕事部屋なのだから、椅子ばかりで座るところがない、机ばかりで勉強するところがないという華麗なる不条理を堪能すればいいのではないか。よろしい、注文しよう、アントウェルペンからの船を待とう。それが三ヵ月まえのことだった。

要するに見通しがあまかったのだ。外国からの個人輸入経験は書籍類のみで、これは郵便局かフェデックスが関税を立て替えてくれて配達時に着払いで払うことになっているから、わざわざ自分の足で税関まで取りにいく手間はいらない。船の積み荷が届きましたので、当社本部で「デリヴァリー・オーダー」を発行してもらい、一週間以内に引き取りに行って下さいと海運業者から連絡があったとき、車を持たない身のつねとして、配送の依頼方法をいちおう調べてはいた。港湾内に専門の代行業者がいるから紹介しましょうと電話口で勧められるまま連絡をとってみると、詳しいご説明をしてもおわかりにならんでしょうから、わたくしどもの業務の総価格だけ申しますが、トラック代を入れて軽くこのくらいを超えます、と具体的な数字を挙げ、商売っ気なく忠告してくれた。したがいまして、ご自身で受け取りに行かれたほうがずっと経済的かと思いますね。

こちらもそこまでの出費は望まなかったので、東京税関の相談室に電話をし、港湾内に宅配便のトラックは受け取り主なしで入れるのかとたずねてみたら、委任状やなにかで本人との関係が証明できれば大丈夫でしょうという。そこで今度は配送業者に電話をして、倉庫のある地区を管轄している営業所を紹介してもらって用件を話すと、引き取りは可能らしい。だから書類手続きが終了した段階で、私は連絡を入れることになっていたのである。トラックは最終段階の配達にしか使わない、と思っていたのだ。

「下に出入りの業者がいるけれど、紹介しましょうか？　あなたの荷物がある倉庫の業務は四時までだからね、費用が出せるなら、ぎりぎりだけれど、やってみましょう。いっしょに来なさい」

よほど暇だったのか、こちらがあまりに情けない顔をしていたのか、おじさんは職員食堂の先にある通路を抜けて検品のための車寄せまで連れていってくれた。ところが担当のお兄さんは、あそこはいつも四時きっかりで閉めるんだ、それまでにぜんぶ済ませてないと怒られちまう、それにこのお客さんだけ優遇するとあとが行きづらくなる、と渋った。でも、このひと、車ないっていうし、困ってるし、業者さんじゃないんだ、なんとかまにあうよ、やっちゃってよ、わたしが電話しておくから。おじさんがどんなに説得しようとしても、トラックのお兄さんは負けなかった。

「残り十五分もない段階じゃあ、ここから倉庫までの往復しかできないし、荷物が大きいから高くなるよ、それに自宅までの配達じゃない、だいいち倉庫は閉じられるから出直しになりますよ、明日にでも車を一台雇って、ぜんぶいっぺんに片づけたらどうですか？」

そこで私は粘りに粘り、時間を作るのがたいへんなんです、持ち出し許可をもらって倉庫にあるとわかれば、あとは一般の配送業者に手配できることになってますからと攻め立て、とうとう許してもらった。そのわずか数百メートルの往復にかかった費用はあまりに馬鹿らしくてここには書けないほどだが、先に精算を済ませ、ふたたび三階にあがって待機していると、そこへさっきのお兄さんがやってきて、荷物持ってきたから検品やります、というではないか。十分ほどしかかかっていない。今度は世話人のおじさんが仰天し、いやはや、なんたるスピードかね、ずいぶんながくここにつとめてるけれど、最高記録、超特急だよ、と古いたとえを使う。

しかし、またまたいっしょに下まで降りてみて、私は言葉を失った。想像よりはるかに大きな函である。送り状のサイズの何割増しだろうか？　容積はかるく二立方メートルを超えている。大丈夫かなあ、どうかなあと居残りの作業員全員集まって蓋を取ろうとするのだが、発泡スチロールが満杯に詰まっていて中身を取り出すことができず、やはり人間の目での確認をあきらめて一か八か、X線チェックにまわしてみることになった。奇蹟はつづいていた。函の高さが検品装置のトンネルの最大高より一センチ低くてなんとかベルトコンベアーに乗せることができ、操作可能と判断されたのである。おお、通るよ、通ったよ、と一同大きな声をあげ、まだなかになにが入っているかわからないぞと心配する私をよそに、もうたいへんな祝いごとでもあったような騒ぎである。おじさんと、お兄さんと、私と、オペレーターの四人が、高校ラグビーのフォワードさながらX線カメラのモニターまえで汗くさい顔を寄せ合い、肩を触れあわせて、ゆっくり横に流れていく画像を凝視する。いや、その緊張感は花園への切符がかかった試合まえというより、子どもがいるとわかった女性のお腹を超音波検査機でスキャンしていくときの感覚に似ていた。四人とも、息をつめて、その日最後となるだろう仕事の行方を見つめているのだ。

「なるほど、テーブルは逆さまに入ってるな」とおじさんが言う。「下に天板があって、椅子がふたつ、ほほう、二脚だけなら中に入ったのに、ひとつ脚が収まらずにはみ出てるんだねえ、赤ん坊がお腹のなかで脚を突き出してるみたいだ」。

おじさんの連想との思わぬシンクロに驚きつつ、検査を終えた函をまた業者の倉庫に戻しにいくお兄さんに私は頭をさげ、検品済の印を持ってふたたび個人輸入カウンターにもどり、書類作成をつづけて税金を算出したのち、いまだ陽炎に揺れるアスファルトのうえを、さきほどタクシーに放り出された大通りに向かって歩き出した。そして、砂漠のオアシスのごとくふいに現れたバス停で休みをとったあと、都バスと書かれた緑色の隊商に便乗して帰途についた。

後日、私はふたたび倉庫に出向いて荷物を出してもらい、待ち合わせていた配送業者にそれをいったん引き渡した。その夜遅く届けられた遠来の積み荷の、あらかじめ詰まっていることがわかっていた膨大な発泡スチロールは道路でぜんぶトラックに移し替え、中身だけ苦労して玄関まで運んでもらった。お疲れさまでしたとそこで礼をのべ、あとはひとりで部屋に入れようとしたら、あろうことか横幅がドアよりも大きくてどうにもならない。私はなすすべもなく、夜空を見あげた。汗と涙に滲んだ目のなかに、まるい大きな月が、超音波検査機の画像のように、ゆらゆらと浮かんでいた。

飛ばないで飛ぶために

読書とは、空港でじっと動かずにいる旅客機みたいなものだ。

以前、きれいに化粧直しされたお濠端の美術館で「旅」を主題にした展覧会が開かれたとき、機会を得てそんな話をしたことがある。「ここではないどこか」という、例の聞き慣れた副題が添えられていただけに、その「旅」のなかには、出発の可能性だけあってじっさいの旅にまでは至らない旅も数に入っていたのだが、旅と読書、空港と読書を重ね合わせるという極端な紋切り型をあえて差し出したのは、展示されていた作品群を目にしているうち、それまであたりまえのものとして受け止めていた両者のアナロジックな意味の幅が、頭のなかで急に伸びたり縮んだりしはじめたからである。

それを端的に示してくれたのが、表向きは旅の一部を装っているペーター・フィッシュリ＆ダヴィッド・ヴァイスによる空港の写真、より具体的には「待機中の旅客機」の写真だった。言うまでもなく、空港はひとつの国の、架空の飛び領土である。いや、領土とも言えなくて、国や都市のなかにありながら、同時にそこにはない大きな飛び石みたいなものだろうか。回りくどい言い方をすれば、その飛び石の内側に属する外側、つまり空港のある行政地区に出て具体的な町の様子を知ることなく、無菌室のごとき空間をトランジットでつないでいってただ空港と空港を結ぶという、大空の自由を束縛に変貌させる逆説の連鎖を堪能してみたい、とかつての私は夢見ていた。改札を一度も出ないでどこまでも列車を乗り継いでいく鉄道マニアの試みの、晴れがましい空中版といったところだ。先の企画展におけるふたりのスイス人写真家がとらえた旅客機の周辺には、とても落ち着いているのに心ここにあらずというか、無所属の幸せを味わう一方で責務の堅苦しさをも感じている妙に中途半端なにおいがただよっていた。急いでいるのか休んでいるのか、死んでいるのか生きているのか、起きているのか寝ているのか判然としないその空気の質は、朝夕の航空会社や空港のちがいを超越しているらしい。

リオ・デ・ジャネイロ、東京、シドニー、チューリッヒ。無言のまま立ちまわっている整備の車や、ちいさく捉えられた整備担当者の姿が、水のない港の、書き割りに似た雰囲気をつよめていく。どこでもない、とする文脈において、それらはどことも似ていた。あちらからこちらへ、似ているだけに微妙なちがいを際だたせて、それでもなお似た海のなかに視線を埋没させていくのである。

私がはじめて目にした現実の空港は、名古屋に近い小牧空港だった。家族のながいドライブの途中に立ち寄るのにちょうどいい、交通機関ではなく遊興施設のように感じられるところだ。空港に着くと、私たちははるか彼方までつづく灰色の海の岸辺に立つ展望レストランの一角に陣取って、じっとうずくまっていた皺ひとつない真っ白な寸胴のさなぎたちがときおりゆるゆると滑走路に移動したり、空から光り輝くあたらしい機体がしずかに降りてくるさまを眺めていた。非日常的な光景のなかで、フランスパンにバターがついてくるような軽食をとり、食後ぼんやりと大ガラスのむこうの機体に目を泳がせながら珈琲を飲むといったことが、地方都市ではまだまだ新鮮に感じられた時代のひとこまである。

乗りものの発着を目で追っていると、たしかに「ここではないどこか」と心がつながっているような気がしてくる。トポスを欠いたトポス。こんな形容が許される特権的な場で空を見あげて気になるのは、旅客機の腹の部分だ。軽くはあっても硬い金属で覆われている無防備な下腹が、なぜあんなに官能的で、草食動物の和毛《にこげ》を思わせるほどやわらかな印象を与えるのだろう。最も弱くて最も防御の薄い部分をさらさないかぎり旅客機は陸を離れることができないし、空から降りることもできない。弱点を見せる危険を冒さなければ、ここではないどこかへと飛び立つことは許されないのだ。

サン＝テグジュペリの例を挙げるまでもなく、一九二〇年代から三〇年代にかけては、空を飛ぶことに命を賭す勇敢な男たちがいた一方で、彼らの仕事を「地上から眺める」ことに力を尽くし、このうえないよろこびを感じている者もいた。なぜなら、さほど高度を取ることができなかった初期の飛行機は、好天ならば地上からお腹がはっきりと見える乗りものだったからだ。それがいまや、お腹どころか姿さえ見えない、ほとんど抽象的なほど高い空を飛んでいる。航行の様子がレーダー上でしか認識できないことを思えば、結局、地上にいる者にとって最も濃密な時間は、離着陸の数分、つまり、空港にとどまっている待機のなかにあるのではないだろうか。

待っている機体を眺めること。ペーター・フィッシュリ&ダヴィッド・ヴァイス撮影のボーイング747は、操縦席が上部にふくらんだひとの頭のかたちをしている。尾翼方向からだと、そこが航行中の重大事項を判断するひどくやわらかい脳髄の隠されているうなじのように見える。ボーイング747に備わっている生きものの気配は、まちがいなくあの後頭部に由来しているのだ。しかし、私がはじめて乗った旅客機に、そのようななまめかしさはなかった。小牧空港が休憩所ではなく交通機関に変わったのは、八丈島行きのYS−11に乗ることになった一九七〇年代で、この路線はもう廃止されてしまったらしいのだが、悪天候のため直前まで運航されるかどうか未定だった冬の一日、軍用機の面影を残した歴史的名機は高度三千フィートで揺れに揺れ、最後まで安定航行できずに飛行機初体験の私を苦しめ抜いた。吐き気を抑えながら、旅客機はやっぱり乗るよりも見ていたほうがたのしい、どんなに美しい空を見ても旅客機の離着陸の様子と無防備なお腹が見られないようであれば面白みがない、と子ども心にしみじみ思ったものである。

それでもなお、空港に横たわっているプロペラ機を眺めるのはこのうえない喜びだった。飛んでいないときの旅客機は、まことにすばらしい。旅客機は大空以上に、飛行場というアスファルトの大海あっての存在なのだ。硬く、平らかな海。その水際で羽を休めている巨大な鳥たちを眺めて、息をひそめている時の停滞。悪天候のための運休もあれば、給油や点検や積み荷のトラブルで待機が長引く場合もあるし、ただたんにフライトスケジュールがあわなくて待たされることもあるのだから、急ぎ足の旅のさなかにも動きのない時間帯はかならずあらわれる。うずくまる機体の周囲には、なにかがはじまるだろうという予感と、なにもはじまりそうにないあきらめがせめぎあう。

空港と空港のあいだの移動は、自分の足でおこなうわけにはいかない。パイロットひとりではメンテナンスもできず、整備士がいても機体が空に舞いあがることはない。空港にただよう奇妙な停滞感、虚無感は、相互依存というより、一種の他力本願のなかから生まれてくる。飛ぼうと思えば、どこへでも飛べる。しかしその移動に必要な空路は、航海図のなかに、コンピュータ・ソフトのなかに描かれていて、私たちはそれをたどっていくことしかできない。空港そのものがどこにも属さない空白地帯で、世界へ羽ばたく玄関であるとはいっても、不可視の航路が空にきっちりと引かれている以上、そこから好き放題に飛んでいくことは許されないのだ。空は、そして現代の航空路は、自由に見えておそろしいまでに管理されている。それを突き崩すには、パイロットみずからその禁を破るか、物騒な話、彼をして強制的に旅程を変更させるしかない。

だが、はたしてそれが自由なのか？　離着陸において管制塔の指示を仰ぐ義務があるのなら、それは、いかなる命令系統からも離れているはずの「どこでもない空間」が、「確実にそこに存在している空間」へと変換されているに等しい。そう考えてみると、サン＝テグジュペリたちがアフリカ大陸を経由して南米にまで郵便機の「定期」航路を延ばそうとしたのは、無限の自由のなかから一本の線を引き、あえて不自由を求めようとする試みであったとも言えるだろう。

飛行とは本来、だれにも迷惑をかけず、自分ひとりにその行為の代償や結果が返ってくるきわめて孤独な営為である。たとえ何百人という乗客が乗っていたとしても、機体そのものは本質的に単独であり、膨大な待機の時間と停滞を、その横倒しの円柱のなかにひとり抱えて飛んでいくのだ。どこに着地するのか、もしくは着陸するのかわからないけれど、不測の事態を除いて、空に浮かぶ存在があとかたもなく消えてしまうことは原則としてないものと仮定されている。どこかにさまよいこんで出られなくなるだけ、あるいは、さまよいこんでいるのを承知しながら、可能なかぎりそこから出ないようにするだけの話だ。ならば、空に引かれた見えない専用軌道をあえて外れるには、しかも安全に外れるには、どうしたらいいのか。

ひとつは、移動の夢を抱えたまま、あくまでそこに留まることだ。旅客機に生まれてきたのにあえて空を飛ばないこと。飛ばないという行為を選択し、その立場を守りつづけること。博物館に展示されるのでも格納庫のなかで眠るのでもなく、現役として飛行場の一角に横たわり、雨ざらしになってなお飛ばずにいること。もしかすると、私が夢見る no where のアナグラム「Erewhon エレホン」（サミュエル・バトラー）と呼ばれる空間は、そこにこそあるかもしれない。読書が動かない旅だとすれば、飛ばない旅客機の諦念と寛容と圧縮され凝縮された夢こそその舞台にふさわしいし、それはまた、先のお濠端の展覧会に出ていたジョゼフ・コーネルの世界に近づいていくだろう。箱のなかに奥深くひろがっていく夢の格納庫。動かない観客だけが、動かない旅人として、コーネルが作りだす奇妙な「どこでもない場所」に足を踏み入れることができる。

もうひとつは、旅客機での移動を考える世界そのものから、いちど降りてみることである。トランジットでもなく途中下船でもない、この地上における浮遊状態の持続。「読書とは、空港でじっと動かずにいる旅客機みたいなものだ」という冒頭の感懐は、読書が精神の糧であるといった徳目から逃れることを遠い目標にしてはいても、規範の枠からのがれるためには命がけである必要はないし、命を捨てるような無謀さはこれっぽっちもいらない、それでいて、十二分に無謀であることが可能になる、という意味合いで口にされたものだった。

ところで、その折、私は会場で、学生時代の恩師の、印象深い言葉を引いたことを思い出す。大学教師の役割を演じるにあたってたいていの同僚諸氏が無造作なふりをしながら多用する台詞に、最近の学生は本を読まない、というよく知られた紋切り型がある。ほんとうのところ、主語の部分は「私」でも「最近のひとは」でも、なにを挿入してもいいのだが、あえて学生を代入している以上、こちらにも多少の思惑があって、そのおもとはまちがいなく彼らへの期待と励ましとそれにまさる懇願である。しかし真面目な学生のなかには、この種の紋切り型に込められたメッセージを読み取り損ねて表面だけを撫で、くってかかる者もいる。自分も、まわりの仲間たちも、あれこれやりくりをして本を買っているし、図書館だって日々利用している。なにもしていない怠け者たちといっしょにしてくれるな、というわけだ。

なるほど、その気持ちは理解できる。かたちだけでも教育者の顔をしなければならない者が期待しているのは、まさにその種の反論なのだ。何度目かにそんな頼もしい学生に出会ったとき、だから私は、きみは最近どんな本を読みましたか、と質問してみた。すると彼は（男子学生だった）何冊かのタイトルをすらすら挙げて、おまけに洋書まで読んだことを示唆してくれたので、内容をきちんと確認したあと、満を持して、かつ胸の奥に突き刺さるような自戒を込めて、恩師が同様の場面で口にした台詞を復唱してみたのである。

「きみの場合、それらは本にカウントしません」

なぜなら、教室にいた仲間たちをなかば見下すようにやや攻撃的な口調でその学生が挙げてくれた書物は、すべて彼自身の専門分野に属するか、その周辺にある本ばかりだったからだ。そして、いまの台詞が借りものであることも明かしてこう付け加えた。私がきみとおない年くらいだったころ、ある先生がほぼ同様の状況でこんなふうに言われたことがあります、専門分野とその関連領域を読むのは、学生であれば当然のことだ、読んで当然のものを読んだって、引かれた線路のうえを走っているようなものではないか、それではいつまでたっても自分の島から離れられはしないんだよ、と。

できるできないはべつとして、これは要するに、定められた領空の、定められた空路に沿って飛ぶなという理想の提示である。そして、是非とも現実に近づけるべき理想でもある。だれもが似たような速度、似たような高度で飛んでいては、見えてこないものが多すぎるからだ。規定の路線を安易に飛ぶくらいだったら、いっそ飛ばずにおなじ効果が得られる術を見出そうと努めるべきだろう。たとえば、頭のなかで、ふたつの光景を突き合わせてみる。訪れたことのある土地でも、自分のなかに囲い込んできた夢の場所であっても、とにかくふたつならべてみて、そのあいだの移動の道筋を通常のものとは異なるようショートカットする。順序を変えるというより、このつぎにこれが来るはずだ、とする思い込みの部分を間引くのである。

また、それとは逆に、最初から異質だとわかっている光景をならべて、あいだに、どこに開かれているのだかわからない夢想の通用門を用意してやる、という手もある。それを強引に書物の世界へ引き込んでみると、おそらく引用と呼ばれる「どこでもない」場所に近づいていくだろう。引用とは、書くことと読むことをつなぎながら、しかも現実の世界には降りないための空港の滑走路みたいなもので、もしうまく運べば、読者はその滑走路わきのターミナルで永遠のトランジットとして身を休めたり、喉の渇きをうるおしたり、空腹を満たしたり、電話で外部と連絡をとったりできるばかりでなく、語りのなかにあるもうひとつの語りに飛んだまま、そこから出てこなくてもよくなる。

振り返ってみると、私はそんなふうに、いまにも動き出しそうな気配を抱えたまま飛ぼうとしない旅客機に乗るか、もしくは飛ばない旅客機そのものになって、いろんな声が聞こえてくる引用の滑走路の一角でじっとしているような、動かない旅をしたいと思いつづけてきたのかもしれない。定められたものだけに親しんでいれば、「それは本にカウントしない」と叱責されるだろう。楽しい読みに興じるには、ときには、弱みを、機体の腹を見せなければならないのだ。恥ずかしさを乗り越えていつまでもその場にとどまることで、逆に現実への豊かな門が開かれるかもしれないのである。その門のかたわらに立っている見えない税関吏たちのまえを、なに食わぬ顔で通り過ぎるための通行証があるとしたら、私はそれをいつ、どんなふうに手に入れることができるだろうか。

眠狂四郎の生みの親が、《ノワール》な作家のなかでも筋金入りと言っていいジョゼ・ジョヴァンニの初期の名篇、『ル・ジタン』の訳者でもあると知ったときには、ずいぶん驚いたものだった。というのも、一九七〇年代なかば、テレビ洋画劇場で出会ったジョゼ・ジョヴァンニ監督の任俠映画の、肌理のあらいブラウン管にぴったりのよい意味で雑なところに、あるいはむしろ、テレビ画面との相性のよさが逆に安っぽさをうち消す倒錯的な調和に親しみを感じていたからなのだが、この『ル・ジタン』は、当時私が封切りで観ることのできた数すくないジョヴァンニ作品のひとつだった。

主人公は、欧州各地で迫害され、放浪を強いられているロマ族、かつての言い方をすればジプシー出身のユーゴ・セナール。幼少時から差別されつづけてきた彼は、弱者を排斥しようとする社会への怒りを、国から奪った金を同胞たちに分配するという義憤に満ちた犯罪行為で解消してきた。

そのロマ族の人々に顕著な共同体意識に似たものが、コルシカ島出身のジョヴァンニにも備わっていた。第二次世界大戦中レジスタンス運動に参加し、戦後はさまざまな職を転々としつつ暗黒街との関わりをも深め、幾度か投獄の憂き目にもあっていたジョヴァンニは、あるとき、叔父が町のごろつきたちとのあいだに起こした殺傷事件に巻き込まれて有罪となり、死刑宣告を受ける。父親と担当弁護士の尽力によって処刑寸前に特赦を得、奇跡的に釈放されるまでの経緯は遺作『父よ』のなかでたっぷり描かれることになるのだが、それ以前のさまざまな自伝的挿話と、一般社会の外側にはじき出された者たちにたいするほぼ無条件の共感は、七〇年代の映画作品のあちこちに、かたちを変えて埋め込まれている。

柴田錬三郎は、こう書いている。「パリのオペラ座前の四つ角のひとつにある街頭書店から、なんとなく買ったのが、この小説である。／ジョゼ・ジョヴァンニという作家が、暗黒街出身の作家であることを、知るともなく知っていたからである。／フランスには、泥棒作家もいる。ギャング出身の小説家がいても、べつにふしぎはない」。

慶応大学で中国文学を専攻した柴田錬三郎に、フランス語を専門的に学んだ経歴はない。あえてこの言語との接点を探るなら、妻の実兄がリラダンの邦訳で知られる斎藤磯雄だったことが挙げられるだろうけれど、あの高雅な学匠詩人がやさぐれた「セリ・ノワール」の作家を愛読していたかどうか寡聞にして私は知らないし、かりに義兄を通してその種の話題に親しみ、冒頭に引いたようなパリの書店での出会いに結びついたのだとしても、ジョヴァンニの小説には同種のジャンルを読み慣れていないと理解しづらい俗語も使われているから、翻訳に際しては厄介な問題も生じただろうと推察される。にもかかわらず、柴田錬三郎は名前と経歴を「知るともなく知っていた」暗黒街出身の作家の本をパリの書店で手に取り、その来歴をざっと調べあげたばかりか、「当然、こういう作家が描く人物たちは、孤独な一匹狼であり、アナーキストである」としたうえで、不慣れな翻訳にまで挑戦しているのだ。

映画「ル・ジタン」の原作は、一九五九年、先の「セリ・ノワール」双書から、*Histoire de fou*、直訳すれば『ばかげた物語』、あるいは『狂人の話』として刊行され、六九年に「ポッシュ・ノワール」双書の一冊として復刊されたのち、七五年にジョヴァンニ自身の手で映画化されるにあたって、今度は「カレ・ノワール」双書から、映画とのタイアップのためだろう、表紙に主演のアラン・ドロンのスチール写真をあしらった『ル・ジタン』として三たび世に出ている。主要人物のひとりピエール・ルートレルが「頭のいかれたピエロ」と呼ばれており、一九七〇年にでた岡村孝一訳によるハヤカワ・ポケミス版は、ゴダールとの交錯を意識してか、『気ちがいピエロ』という邦題を採用していた。

ただし一九六五年公開のゴダール作品のほうは、おなじ「セリ・ノワール」でもライオネル・ホワイト『十一時の悪魔』の筋を借りているだけで、ジョヴァンニの小説世界との縁は薄い。ならばその『ル・ジタン』の原作の邦訳の存在を、柴田錬三郎は知っていたのか、いなかったのか？

五十代なかばを過ぎたころ、彼は、「サラリイマン的マイホーム型の日本の純文学作家の作品など、さっぱり読む気がしなくなって」いて、「おのれ自身が、世間からつまはじきされて裏街道を歩き、そして、その体験を栄養にして書いた『アクション小説』を、読みあさ」っていたという。海外の犯罪小説に惹かれていく直接のきっかけは、フレデリック・フォーサイスの『ジャッカルの日』だったとも書いているので、その邦訳が七三年だから、彼がパリで手にした『ル・ジタン』の原書は、初版でも六九年版でもなく、七五年の版である可能性が高い。翌七六年にはやくも勁文社から柴田訳が出ているのは、日本での映画公開に合わせた急ぎの仕事だったのだろう。ともあれ、「あとがき」には岡村孝一による先行訳についてまったく触れられておらず、かわりに次のような述懐が記されている。「私が、敢えて『ル・ジタン』を、翻訳（というよりも、自己流に意訳）する気になったのは、ここには、犯罪者たちのかわいた生態と行動が描かれており、作者自身の過去の『冒険のにおい』がただようているからであった。／柄にもなく、横のものを縦にする、生れてはじめての仕事をやってみて、それが如何に面倒くさく、厄介な作業であるか、身にしみた」。

柄にもなくと言っておきながら、これだけの分量の翻訳に挑んだ熱意は、かりに下訳者がいたとしてもなみたいていのものではない。ただし、ついでに言っておけば、「自己流に意訳」とあるとおり、初版の帯には堂々と「柴田錬三郎初の創作翻訳」の文字が躍っている。

私が柴田錬三郎訳の『ル・ジタン』を読んだのは、髭をはやしたアラン・ドロンばかりが目立つ映画を大スクリーンで観たあとのことである。映像の記憶がまだ鮮明で、細部がかなり異なっていることに気づきながらも、脚本は作者自身によるものだし登場人物の名も映画のそれと同一なのだから、訳文はすなわち原作そのものだと信じて疑いもしなかった。なにしろゴダールの名前すら知らず、岡村訳もまだ読んでいなかったのだ。ところがフランス語をわずかずつ解読できるようになってきたころ、たまたま「カレ・ノワール」双書版を見つけて最初の一頁を開いてみたら、どうも印象がちがう。少々どころか、かなりの隔たりがある。

物語は、金庫破りで稼いだ金を元手にパリのモンパルナス近辺にバーを開いているヤンが、こっそり自宅に戻って最近不仲になっている妻の様子を探る場面からはじまる。派手な撃ち合いが出てくるわけでもない、ささやかな日常のひとこまからジョヴァンニは筆を起こす。以下、便宜上、あえて拙訳で引いておく。

できるだけ音がしないよう、ヤンはエレベーターの扉を開け、そして、閉めた。降りたのは、五階の踊り場だった。だが、住居は六階にある。猫のように、住居までの一階分をそっとあがって、ドアに耳を当てた。

クララは電話で話していた。電話機は、入り口のドアからそう遠くない、玄関ホールに置かれたちいさな調度のうえにある。

低く抑えた妻の笑い声が聞こえた。ヤンは鍵を取り出して、注意深く鍵穴に差した。あいつはドアのほうを見ているのか。それとも背を向けているのか。

ヤンは妻に男がいるのを知っていた。責め立てようとするたびにうまく丸め込まれて元の鞘に収まるのだが、その後、地方都市で大きな仕事をひとつすませて帰ってきたとき、見張っていた仲間から妻がまさに恋人と高飛びしようとしていることを教えられて逆上し、彼女をバルコニーに追いつめたあげく、誤って転落死させてしまう。ありふれた出だしではあれ、冒頭の数章は、天涯孤独の一匹狼の周辺に友人や夫婦や家族の問題を散らつかせておくジョヴァンニの美学がつつましく添えられて、重要な役割を果たしている。ところがなんとしたことか、柴田錬三郎の『ル・ジタン』は、パリではなく、空と海の広がる北仏ノルマンディーの避暑地、ドーヴィルの描写で幕を開けていたのだ。

ドーヴィルのぬけるような青空を見あげて、ル・ジタンは、まばたきをした。革ジャンの胸ポケットから、マジック・グラスを取り出してかけた。同時に、右手は脇ポケットに入って、マルボーロを一本つまみ出していた。

唇のはしにくわえ、火もつけずに空をみあげている。

英仏海峡からバルフルール岬をこえて吹きわたってくる潮風が、頭上のイボタ並木の葉を鳴らしていた。すでに三月も末だというのに、この北海ぞいの小都市ドーヴィルの街を吹く風は、まだ冷たい。

ジタンは、頸をすくめて、空から運河沿いの通りに目を落とした。

先に述べたとおり、原書は三度姿を変え、最後にタイトルが変更されているものの、内容にはまったく変化がない。だから「あとがき」の言葉はむしろおとなしすぎるくらいで、邦訳『ル・ジタン』は、冒頭の一文から末尾の一文まで完璧な翻案、もしくは帯にあるとおりの「創作」になっているとしか読めないのである。ジョヴァンニの分身のようだった岡村孝一の訳文も、奔放かつ禁欲的という原作の矛盾を再現するかなり自由なものだったが、柴田錬三郎訳は、ルパン・シリーズにおける南洋一郎に匹敵するほどの換骨奪胎を見せている。「私は、よほどのことがなければ、原作を読むと、映画を観ない。したがって、ジョヴァンニ監督の映画など、ひとつも観ていない」と断言しているにもかかわらず、登場人物名や設定の多くが、ジョヴァンニの原作ではなく映画のほうに準じているのは御愛嬌というものだろう。

夏場のにぎわいに欠けていたとしても、ドーヴィルにはカジノと競馬場と海があり犯罪の匂いがただよっている。マルセイユのような野蛮な魅力のかわりに、おだやかで品のいい相貌の裏で、なにがおきてもおかしくない予感に満ちあふれている町だ。映画では、冒頭、そのドーヴィルの海をとらえていたキャメラが少しずつ引いて、浜を、陸を映しだし、やがて色とりどりのキャンピングカーが集まっているさびれた空き地に私たちの視線を引きつけていく。そこは公認された明るいキャンプ場ではなく、どこにも居場所のないロマ族の一時的な滞在地で、ル・ジタンことユーゴ・セナールの親族も、いつ追い立てられるのかびくびくしながら生活していた。

柴田錬三郎の訳には、彼らロマたちをめぐる歴史的な解説が挿入されているのだが、原作にほんもののロマは登場しない。ル・ジタンなる人物は、「気ちがいピエロ」の片腕となるジャックという青年のあだ名で、艶のないくすんだ顔色、大きな目、そして、ちょうど照り返ると油分が緑に見えるコールタールのように深く黒い髪の色のせいでそう呼ばれているだけのことだ。ピエロとジャックの一味が展開する派手な仕事ぶりと、スタイリッシュな犯罪を繰り返しながらむやみに人を殺めるような真似はしないヤンたちの行動が、示し合わせたわけでもないのに重なっていき、面識もなかったピエロとヤンが、最後の最後、まるで長年の友情をたしかめあうような出会いを果たすという場面で締めくくられる原作の世界では、差別問題や男たちの熱い友情が掘り下げられているわけでも、犯罪が正義のもとで肯定されているわけでもない。

ずれを数えあげればきりがないだろう。たとえば活字では三十五歳となっているヤンが、映画と邦訳では妻より三十五歳も年上の引き際を考えている男になり、それを演じているポール・ムーリッスの外貌に見合うよう細部が変更されているし、ヤンの妻が転落したアパルトマンも、撮影された七〇年代を反映し、セーヌ河岸に建造された巨大な高層住宅に脚色されている。内装と調度はまさにこの時代の流行でまとめられ、壁面に黄色と青と白が配された大胆な色づかいと、メタリックな質感に木のぬくもりを融合させた、近代的なものになっていた。ベランダの左手前にエッフェル塔が見えるのもじつに贅沢なロケーションで、映画を観ていないとする言葉とは裏腹に、柴田錬三郎が採用している枠組みは、つねにこれら映像の細部を踏襲している。

だとしたら、なぜそこまでしてジョゼ・ジョヴァンニの小説を「翻案」しなければならなかったのか？　ジョヴァンニが自身の来歴を重ね合わせるのは、レジスタンスの闘士としてナチス撲滅に腐心し、生きるか死ぬかの闘いを経たのち平和を取り戻した社会のなかでまっとうに生きる感覚が鈍らされてしまい、なかば必然的に裏社会に脚をつっこむことになったはぐれものばかりである。だから「犯罪者たちのかわいた生態と行動」だけに着目すれば、彼の小説はすべてそうであり、裏切りより仁義のほうに比重をかける人生観がどの小説にも分有されていると言ってさしつかえない。できばえからすると、もっとすぐれた作品がいくつも挙げられるはずなのに、なぜ『ル・ジタン』を選んだのか？

映画のなかでル・ジタンを突き動かしているのは、とてつもない冷静さと残忍さをかかえている一方で、同胞への忠誠心を片時も忘れたことがないロマ族の血である。みずから望んでそこに生まれたのではない男が、おなじ境遇の人間を思いやりつつ、悪の世界に脚を踏み入れていくのだ。柴田錬三郎のなかでその言動とかち合うものがあるとしたら、やはり眠狂四郎の世界にほかならないだろう。

周知のように、狂四郎は、医師として長崎に落ち着き、のちにころび伴天連となったオランダ人と大目付の娘千津のあいだに生まれた、正真正銘のマイノリティである。「これまで、わたしという男を、味方につけた徒党はない。わたしは、常に、独歩している。敵にまわして頂いた方が、気楽なのだ」（『独歩行』）というほどの一匹狼を動かしていた作家にとって、他者を信じ、愛することをおのれに禁じつつ亡き母への思慕に揺れる魔剣の使い手と、独歩を謳いながらもときには自身の命を代償にしてまで友情を守ろうとするジタンの無頼は、まちがいなく底を通じていたはずだ。『眠狂四郎無頼控』が出たのは一九五六年、ジョゼ・ジョヴァンニが出獄して最初の犯罪小説『穴』を発表するのが一九五七年。偶然とはいえ、この同時性にはなにか特別な意味があるようにさえ思えてくる。俊敏な知性と卓越した運動神経、そしてはっとするほどの残忍さとやさしさを持ちながら、眠狂四郎も邦訳のル・ジタンも、ときに「うっそりと」立ちあがり、「うっそりと」たたずむ。そういえば、ジョヴァンニを日本語に移してくれた岡村孝一が偏愛した副詞も、この「うっそりと」だった。

声なき猫の託宣

どのくらいの点数があったのかも、またそれ以前の問題としてほんとうにそんな叢書が存在していたのかどうかもわからないのだが、とにかく扉に「心の窓」とコレクション名が刻まれた薄い柿色の表紙の小冊子を郵便受けに見出したとたん、心身が数年まえの春先に引き戻された。ジョルジュ・ペロス『魔法の石板』。一九七八年、ペロスが亡くなったその年の八月に、詩人ランボーの故郷シャルルヴィルにあったらしいジーヴル社から刊行されているこの断章群は、咽頭癌の手術後に声を失った詩人による一種の闘病記で、同年にまとめられた彼の遺作『パピエ・コレⅢ』に収められている。

ほぼ十年ぶりの長期滞在の機会を与えられたパリの部屋で、私は一年のあいだ、学生時代から心惹かれていたこのジョルジュ・ペロスという、偏屈でかつ開かれた精神の相貌を描き出そうと四苦八苦していた。そのつたない試みの舞台となった雑誌連載の総題を、苛烈な言葉の群れを収めたこの闘病記に借りていたのは、書くことそのものが一種の闘病だとの認識に立っていたからでもある。ただ、執筆にあたっては、言葉と思考の貼り紙ともいうべき終わりのない連作に採録されたものを参照し、初版の冊子は手元に置いていなかった。というより、九五〇部しか販売されていないその本の現物が、どこを探しても見つからなかったのである。

それがなんとしたことか、ややあやしげな古書店の最新目録にひょっこりあらわれたのだ。すぐさま在庫を確認して送金し、無事購入とあいなったのだが、書誌データには表紙の色まで記されていなかったので包みを開けたときはやや面食らい、しかるのちに、そのあざやかな熟柿の色がコバルトで焼けた皮膚のようにも思えて胸がつまった。

当時、ペロスをめぐる一連の文章を締めくくるにあたって、私はひとつの決断を迫られていた。彼が死ぬまぎわまで過ごしていたブルターニュ地方の漁港、ドゥアルヌネを訪ねるべきか否か。ドゥアルヌネは、どこでもない文学的なトポスであると同時に、ペロスの言う「ありきたりな生活」が営まれていた現実の土地でもある。三十代なかばでパリから逃げ出すように移り住み、そして彼を支えつづけたロシア人の妻タニアとともに眠っている終焉の地。かりにそこまで行けたとしても、自分の目でたしかめたことを見栄えのいい文学紀行のような言葉に仕立てる自信がなかったし、せっかくここまで筋を通してきたのだから、最後の最後まで、残された言葉のなかでだけ書き手とつきあうべきだとも考えていたのだ。

連載最終回の締切は、もはや動かすことのできない帰国予定日の三日まえに設定されていた。荷物の手配や公共料金その他の事務手続きなど、片づけるべきことが山積していてろくに書く時間すらない状況のなか、交通の便が悪くて確実に一泊は必要な地方にまで足を伸ばす余裕はなかった。そしてもうひとつ、私はペロスよりも優先すべき仕事を抱えていたのである。前年の夏からいっしょに暮らすようになった、そばかすのある雑種の雌猫を日本に連れて帰るためになすべき諸々の手続きが、これまた大幅にとどこおっていたのだ。詩人との別れがどんなに惜しまれたとしても、現に命あるものの処遇をいい加減に済ませるわけにはいかない。数冊の書籍とコピー類以外の荷物をすべて船に乗せたあとのがらんとした部屋で、連載最終回の締切と同時に向き合うはめになったのは、二週間まえに避妊手術を済ませたその猫の抜糸と、成田での検疫に必要な書類の整備だった。

生後二カ月でわが家に引き取られたそばかす猫を、近所の獣医のところへ健康診断に連れていったとき、太い銀髪をざん切りにした女医さんがこちらの事情を聞いて帰国までのスケジュールを立ててくれたので、すっかり安心して仰せのままに行動していたのだが、半年が過ぎて手術日を決めた直後、少々はやすぎる春が彼女の身にきてしまい、ぎりぎりになって予定を延期せざるをえなくなった。このわずかなずれが、のちの進行に大きな影響を及ぼすことになったのである。身体をよじり、自分でもどうなっているのかわからない状態で苦しんでいるさまを見るのはさすがにつらくて、落ち着いてからふたたび予約を入れ、前の晩から食事も与えず朝には水も禁じて女医さんのもとへ駆けつけたのだった。

助手をいっさい使わない彼女は、籠から猫を出すと大きなはさみをぎしぎし鳴らし、それでは前脚を持って、べろんとおなかを見せてくださいと言う。いま、ここで手術をするんですか、と不安げに申し立てると、え？　抜糸じゃなくて手術ですかと予約表を確認し、そうですか、手術のためにこの仔を置いて行くってことですね、と勘ちがいを詫びもせず平然とあとをとりつくろった。一週間まえに予約を入れておいたのですが、要するに、大人になってしまいまして、それで延期せざるをえなかったんです。

おそるおそる説明する私に、彼女はますます落ち着き払った調子で、わかりました、でもね、雌の猫は、身体のなかではいつも発情しているんですよ、ホルモンがそれを外に出すだけなんです、さかりがついたって、初日をはずせばなんの危険もありません、もっとはやくに連れてきてもよかったくらいです、と付け加えるのだった。

寒さでか恐怖でか、猫は小刻みに震えて止まらなくなっている。ずっとそばにいてやりたいのを我慢して、手術後に受け取りにきなさいとの命に従ったのだが、咽頭癌末期にさしかかっていたペロスがその道の名医による執刀を願って上京し、最後の大手術を受ける場面をちょうどその前の号で書いていて、しかも手術は成功したのに、翌日容態が急変して亡くなったところまで追っていたものだから、雑種のそばかす猫と滋味深い言葉を残してくれた詩人を比較するのもどうかと思いつつ、喉に異常でもあるのではないかと案じていたくらいニイともナアとも鳴かない猫だったから、不安で不安でとても原稿など書ける状態ではなかった。指定された時刻に迎えに行くと、まだ麻酔が抜けておらず、鳴かないはずの彼女がシャーと歯をむいて唸っていて、その姿にこちらがぶるぶる震えるようなありさまだった。

抜糸の日は、こまかい雨が降っていた。予約を取っていなかったので、朝いちばんに、おなかにさらしを巻いているそばかす猫を籠に入れ、傘をさして先生のところへ連れて行くと、ちいさな犬を連れたおばあさんと巨大な猫をつれたおじさんの先客があった。犬が十四歳で猫が九歳だと言う。まだ一歳にもならないうちのそばかす猫は、彼らにくらべると生きものの体すらなしていないようにも見える。順番がきて診察台に出してやったら、手術のときの匂いを思い出したのか、身体じゅうを震わせている。抱きあげて先生におなかを見せるかっこうで、べろんと濡れ雑巾みたいに垂れさせると、先生は和毛のあるおなかに先のとがったはさみを当てて太い木綿糸みたいな糸をぱちんぱちんと切りはじめた。自分のおなかを切られているようで気分が悪くなった私は、木枠がグレーに塗られた窓の、気泡の入った厚いガラス窓のむこうの雨のほうへ眼をそらした。

かぶりものをしたおまえの老女たちは
雨のなかを自転車で走る
でもブルターニュにはほんとうに雨が降るのか?
伝説ではそういうが、なんだあれは
こぬか雨は一滴の露ではないか
高みから降ってきて、ぼくらの疲れた額の
まわりを転がり
ぼくらの魂を元気づける
道路はほとんど湿らない
こぬか雨は地面までとどかない
それは揮発するのだ、乳剤、夏の雪

雨音はやわらかく、綿のよう
神はこの音でみずからをブルターニュ人とされるのだ、
変わりやすく新鮮なこの音で。

ペロスが『ポエム・ブルー』で詩った揮発する乳剤のような雨が、その前夜、書きあげられぬまま中途で放り出された言葉といっしょに降ってくる。神がみずからをブルターニュ人と規定するために必要な雨の音も私の耳には聞こえず、ちゃきちゃきとはさみの音がはじけるばかりだ。ひとことも声をあげないそばかす猫のお腹から乾いた糸がするすると抜き出されて、はい、おしまいの一語で夢想が断ち切られる。しかし夢想はそこで終わっても、不安はまだまだつづいていた。ブルターニュの漁村ではなく千葉県の国際空港をめざして健康診断書および狂犬病予防接種証明書に直筆のサインと医院のスタンプをお願いしたところ、東駅近くにある保健所の検疫課専属の獣医にもそれを見せ、必要な公印を押してもらうよう指示されたからだ。早速連絡を入れると、お昼までに来いと言う。私はそこで、ブルターニュ行きの可能性が九割方なくなってしまったことを認めざるをえなかった。

そばかす猫をいったん部屋に戻して役所へ出向き、用件を述べると、紹介された獣医の秘書らしき中年の女性がたのしそうに同僚とおしゃべりしながら、中身をたしかめもせず、健康診断書と狂犬病予防接種証明書に、片手でぽんぽんと印を押してくれた。猫を日本に連れて帰ることに決めてこのかた、ずっと心配していた最後からふたつめの関門——最後はもちろん検疫だ——をあまりにあっさりと通過できたことに拍子抜けしたほどだった。

ところが緊張がほぐれて気が大きくなり、せっかく荷を送ったのにまたぞろ本を買い足したあと書類をよくよく確認してみたら、「フランス共和国」と記された円形の公印が健康診断書のほうにしか押されていない。一方にはセクションの責任者の名前があり、一方には公印があるのだから大丈夫のような気がしたのだが、半年まえに日本の検疫所から送ってもらった注意書きとそのあと電話で再確認したメモを読みなおしてみると、フランスから猫を連れてくる者はたいてい共和国の公印が診断書か証明書の「一方」にしか押されておらず、たったそれだけのために足止めを食うからよく気をつけるべしと、ほかならぬ私の字で走り書きがしてあるではないか。

なるほど、これではだめかもしれない。すぐ検疫課に電話して事情を説明すると、もう窓口は閉じているし、先生は留守ですの一点張りである。留守はわかってますが、そちらのミスでもあるわけだし、先生の許可を得たうえでどなたかに押してもらうことはできないでしょうか、明日の夜には日本に発たなければならないんです。思わずそう嘘をつくと、まわりと相談する声が聞こえて、わかりました、では、すぐにきてください、と迷惑そうな応えがかえってきた。しめたとばかり私はふたたびタクシーで検疫課に向かい、正門からずいぶん奥まったところにある建物の、守衛の姿が見えない玄関口を勝手にあけて中に入り、秘書課の担当者を呼んでもらった。彼女は同僚の女性をふたり連れてきて、差し出された書類を隅々まで検分し、日本の役所はなぜか印を二種類要求するのよ、別々に発行するわけないのにねえ、でも昼まえの担当者は、どうしてこっちに押して、こっちに押さなかったのかしら、とつぶやく。私は、ほんとうのことを話した。え？　おしゃべりしていて、上の空だった？　まったく、しかたないわねえ。

ぶつぶつ言いながらも、彼女は狂犬病予防接種証明書に、欠けていたフランス共和国の丸い印をぺったんと押してくれた。これらの書類が正式に受理されれば、空港の検疫での拘留期間は、最短の二週間で済む。その夜、私は、縫合箇所をまもるための包帯がようやく取れたそばかす猫の籠と、華々しいスタンプの押された書類をわきに置いて、降りつづく雨の音を聞きながらペロスをめぐる文章を書きつぎ、拘留期間という言葉で、警官にくってかかったペロスがひと晩しょっぴかれた事件のことを考えていた。なにをしても、なにを考えてもペロスにつながってしまうところを見ると、この期に及んでまだドゥアルヌネに未練があるのかもしれない。歯切れの悪い言葉で文章をまとめたことがいけなかったのだろう、行くべきか行かざるべきか、私の胸のうちの葛藤は、ますますつよくなっていった。

そばかす猫は、あいかわらず鳴かなかった。顔をあげて飼い主を見つめ、先のほうだけ黒い尻尾をたててゆっくり近寄ってきては、倒れかかるように身体をなすりつけ、喉もとをふるわせ、口を開いてなにかを訴えようとするのだが、ごくちいさな舌を打つ音が聞こえるのみで声は出てこない。「猫の舌《ラング・ド・シャ》」とつぶやいて、そこから聞こえない声の破片を集め、なんとか言葉に昇華させてやろうとするかわりに、あの細ながい楕円形の、甘党にはややもの足りない薄いクッキーを連想してしまう自分がひどく情けなかったことを、いま、病床日誌風断章『魔法の石板』の初版をはじめて手にしながら苦々しく思い出す。

エール・フランスでは検疫所のお墨付きがあれば小型動物の機内持ち込みが許されているので、搭乗券を購入する際にその旨を伝え、日本側で拘留されているあいだに世話を頼む業者にも予約を入れてあった。術後の経過は順調でも、機内で具合がわるくなったり興奮したりしたらどうしよう。赤子を案ずるようで落ち着かない気持ちのまま、船に積みきれなかった荷をまとめていると、眉根にそばかすを集めて真っ黒に顔色を変えた雌猫が、十文字に結んだ麻紐をめざとく見つけてじゃれついてくる。こんなになついているのに、なぜふつうに鳴いてくれないのだろう？　ほんとうは声が出せるのに理由があって黙っているのか、それとも声を出すことじたいになんらかの愚かさを見ているのか？

知っている者は、しゃべらない。しゃべる者は、知らない、と老子は言った。ペロスは声を失ったあとの苦悩を、そんな中国の賢者の言葉のなかにとけ込ませ、「神を信じることは、人間の判断をおそれることだ」とも書きつけている。そして、書きつけた言葉は、マジック・ボードのうえの文字みたいにあっさり消されることなく残されて、私の手もとにも伝わっているのだった。

夜がふけても荷造りは終わらず、提出するべき文章もかたちにならない。箱を四角く刳りぬいたような石張りの中庭に、雨が降っていた。検疫課に出かけた日から断続的に降りつづいている雨が、今度はびしゃびしゃと音を立てている。眠れぬまま、書きものと荷造りを交互に進めて夜を明かしているうち、やっぱり一度、ドゥアルヌネを見ておこうかな、という気になっていた。朝いちばんのTGVの切符を押さえ、行けるところまで行ってその夜のうちに戻ってくれば、明日の帰国の便にも間に合うだろう、と。

もっとも、それは流れの果ての、つまらない思いつきかもしれなかった。ならば人間ではなくそばかす猫の助言を仰ごう。しかし彼女はもう、深い眠りに落ちていた。ラジオをつけると、三百発だかの爆弾が戦乱の都市に投下され、市民にも犠牲者が出たこと、世界各地でこの無意味な戦に異を唱えるデモが繰りひろげられていることを、ニュース専門局が淡々と伝えていた。判断を仰ぐべきなのは、人間なのか、それとも神なのか。声のない猫だけが、それを知っているように思われてならなかった。

回転木馬の消滅

決められたコースをたどることに抵抗があって、などと体裁のいいことを言いながら、現実には定められた順路をくるくる回っているものを私は好んでいるのだが、要は一直線でなければ趣味の許容範囲に収まるようで、機会あるごとにテレビ観戦を楽しんでいる陸上競技なら百より二百、二百より四百、四百より八百、八百より千五百と、距離がのびるほどもたらされる興奮の度は増していく。ただし、マラソンや駅伝より一万メートルを贔屓にしているところをみると、評価の基準は、選手ならびに観客たちがその種目特有の単調さに耐えているかどうかという点にあるようだ。最後の一、二周で先頭集団による駆け引きがはじまって場内がざわめいてくるまでの三十分弱のあいだは、私も息をひそめ、身じろぎもせずに、画面のなかの選手たちがおなじ方向にむかって走るのを見つめている。どこか病んでいるのではないかと心配になるくらい真剣かつ力を入れているので、終わったときは身体中が硬直して、すぐに立ちあがることもできなくなっていることが多い。

そうやって引かれた線のうえをなにかが飽きもせず走りまわるさまをブラウン管のなかに眺め暮らすことに、私は人生のかなりの時間を費やしてきた。事例はいくらでも挙げられるのだが、感応するポイントは右の陸上と変わりがない。スケート競技ならフィギュアより五百、五百より千、千より三千、そして当然ながら三千より一万のほうを愛するし、せせこましいと敬遠するひともいるショートトラックだって大歓迎である。自転車競技ならトゥール・ド・フランスよりバンクでのタイムトライアルに、モータースポーツならF1よりもインディ――それもオーヴァルコースでのレース――に夢中になる。時速三百キロで傾斜のある楕円形のアスファルト道路を百周以上するなんてとても正気の沙汰ではないと思うのだが、仕事そっちのけで深夜に放映されるそのレースから片時も目を離さずにいる男のほうも、やはりふつうではないだろう。

これらは少年時代から持ち越している性癖の延長線上にあるものばかりだ。独楽、オルゴール、時計の秒針、レコード、鉄道模型、オープンリールテープ、カセットテープ、理髪店のサインポール、洗濯機、扇風機、観覧車、等々、軸があってそれを中心に回転する機械類とそうでないものがごちゃまぜになっているけれど、こうして列挙してみると、いま音楽を聴くとき、なぜデジタルに圧縮された音源を身近に感じないかその理由がよくわかる。CDプレーヤーでさえトレー式を避けて、上から回転している様子がわかるトップローディング式を選んだくらいなのだ。つまり、音質の問題ではなくて、なにかがくるくる回っているところが見えないと満足できないのである。

夢がいつか覚めるように、回転している物体もいずれは止まる。動きが止まると同時にこちらの五感も機能しなくなり、自分が動いているわけでもないのに激しい疲労と一抹のさみしさが残る。回っている最中になにがしか心を揺さぶられる突発的な事件が生じて、忘れがたい思い出に加えられる幸運もなくはなかったけれど、たいていはさみしさに包まれたままで快復するまでにながい時間がかかった。それでも、止まるだけならまだいいのだ。回っては止まり、止まっては回るものが、ふいにこの世から消えてしまうことだってあるのだから。

その事件を教えてくれたのは、前回も触れた、ブルターニュ地方と縁の深い詩人、ジョルジュ・ペロスに関する地方新聞の切り抜きをときどき思いついたように送ってくれる友人で、私はこの奇特な男と、「くるくる回る」もののなかでもとりわけ美しく、またとりわけ悲しいあの回転木馬への愛を共有しているのだが、あるとき彼が、慟哭と言っても差し支えない口調の手紙を添えて、少年時代から見慣れていた回転木馬の焼失という人生の一大事を伝えてきた。同封されていたのは、フランス西部地方をくまなく押さえている「ウエスト・フランス」紙の記事で、それによると、友人の出身地でもあるレンヌ市の市役所前広場に、四半世紀にわたってほぼ据え置きの状態で市民をたのしませ、他にかえがたい風景の一部となっていた小ぶりの回転木馬が、二〇〇四年四月二十九日木曜日、なにものかの放火によって全焼してしまったのだという。午前四時に突如舞いあがった炎は、乾ききった古い木製の馬や白鳥や象たちをあっというまに飲み込み、何度となくそれに乗った少年少女たちの、そして彼らを乗せた大人たちの記憶に定着していた夢の舞台を、一瞬にして焼失させたのである。

悲劇の木馬たちの馬主は、ベルナール・エスノー氏、八十三歳。いまの時代を象徴するような出来事だよ、自動車に火をつけるほうが好きな連中もいるからね、と「運命論者」らしい口調で彼は記者に語っている。先般、ごく短期間だけ日本でも話題になったパリ郊外の暴動ほどではないにせよ、この種の騒ぎはもう十年以上まえからフランスの主要都市の周辺では間歇的に起こっていて、今回もその手の心ない便乗派がおもしろ半分に火を放ったのではないかとの見方が大勢を占めている。市民のあいだにも同情の声があがりつつあるらしい。なぜなら、エスノー氏が所有していた型は、この世界ではよく知られているアンジェ市のアンリ・ドゥヴォ工房で一九二〇年代に製造され、当時フランスには三台しか残されていなかった稀少なモデルのひとつだったからだ。

この悲しい記事を読みながら思い浮かべていたのは、国際的な観光都市でもある首都パリの回転木馬事情だった。あの町ではいたるところで質の高い回転木馬に遭遇するので、そこだけにしかない、そこにいけばある、というご当地的な感情がやや薄くなるきらいがあって、私が「くるくる回る」のを見たり、止まっている馬たちに触れたり、ときにはひと気のないところをねらって乗せてもらったり——こういうとき小柄な日本人は得をする——したものをざっと思い出してみただけでもかなりの数にのぼる。エッフェル塔の足もとのシャン・ド・マルス、夏のチュイルリー公園、トロカデロ広場、リュクサンブール公園、ジャルダン・デ・プラント、冬のパリ市庁舎前広場、モンスリー公園、ビュット・ショーモン。ある期間だけ、広場やメトロの出入り口やふだんはなにもない日曜日の朝市にふとあらわれる移動遊園地を加えれば、その数はさらにふくれあがるだろう。貴重な回転木馬も、パリでは見慣れた風景になってしまうのだ。ベルシー河岸には、ヴィンテージばかりを集めた博物館まである。しかし、だからこそ、エスノー氏の回転木馬はいとおしいのだ。家業を継いでいる息子のロジェ・エスノー氏によれば、一九二〇年当時は小型の回転木馬が好まれ、焼失したモデルも直径わずか六・五メートルしかなかった。この控えめな規模がいっそうの同情を誘い、絶対数が少ない地方都市ならではの、あたたかい愛され方につながったのだろう。地域に密着すればするほど愛は濃く、深くなる。ベルナール・エスノー氏は木馬たちを引き連れて、北はサン・マロ、南はルドンをふくむイル・エ・ヴィレーヌ県を巡回してきた。レンヌ市役所まえの広場に設営許可を得たのが一九七九年、以後、毎夏のようにレンヌを訪れて徐々に滞在期間をのばし、とうとう居座ってしまったのだという。

ただし、すでに一九七〇年代に入ってからは、ネオンサインと耳をつんざくハイファイがむかしながらの楽隊風の音楽やオルゴールの音色に取ってかわり、回転木馬の規模も大きくなって、常設遊園地にある牢固できらびやかな電気仕掛けのアトラクションへと変貌がはじまっていた。人々はもはや、ミニチュアもどきの素朴な機械では満足できなくなっていたのである。私自身は、そうしたけばけばしい型であっても、遊興施設特有の心地よい脱力感のなかにありさえすればいつまでも眺めていられるのだが、眺めている人間がどれだけ増えても乗ってくれる客がいないかぎり商売は成り立たない。幼い子どもを惹きつけるには動物だけに頼っているわけにもいかないし、伝統的な機構を守りながら乗りものを近代化していく必要もある。もっとも、エスノー老人の談話によれば、男の子に好評だったのは消防車だったらしいから、身のまわりで活躍している乗りものにあこがれるのは洋の東西を問わず男児が見せる「症例」なのかもしれない。

そうはいっても、仏語で回転木馬、もしくはメリー・ゴー・ラウンドを意味するmanègeは、調教、調馬や、馬力を使って粉を挽く回転装置を指すものだし、パリのチュイルリー公園にあるカルーゼル広場のcarouselは、かつてイタリアから入ってきた馬を使う乗馬訓練みたいな遊技だから、前後に、また上下に動きながらくるくると回転するために乗るべきものは、やはり木製の馬だと言わねばならない。微妙に彫りの異なる手彩色の馬たちだけを集めた装置には格別の美しさがあるし、炎上しないまでもなんらかのかたちで破壊されたときには、それゆえの迫力も生まれる。ヒッチコックの『見知らぬ乗客』の最後に、ファーリー・グレンジャーとロバート・ウォーカーが暴走する回転木馬のなかで殴り合うシーンがあったけれど、あの結末を思い浮かべればいいだろう。床に転がってもみあう彼らの頭上で、ギャロップで駈ける馬たちの無数の脚が踏みつけんばかりに上下し、暴走を急ブレーキで停止させた結果、立派な天蓋もろとも舞台が崩れ落ちる。それを見た瞬間、私ははじめて甘美な回転木馬に恐怖を見出したのだが、その恐怖は、めまいがするほどの速度と遠心力のせいではなくて、動いているのが馬と馬車だけであったことに由来していた。純血の馬のかたしろが走るからこその楽しさ、怖さがあるのだ。人工の意匠は結局その世界に引きずられて、私たちの想像の自由を奪うのである。

ところで、そんなことをあれこれ考えていた春先の一日、大川美術館以来およそ二年ぶりに、埼玉県立近代美術館で、比較的まとまったベン・シャーンの展覧会を観る機会に恵まれた。一九六〇年代の後半、シャーンがメリーランド州のロックビルにあるユダヤ人コミュニティセンターの依頼を受けて制作をはじめながら、死によって未完となった壁画の原画――『旧約聖書』の詩篇第百五十篇をもとにした、古代の楽器奏者たち――と並行して制作されていた二十四枚のリトグラフ『ハレルヤ・シリーズ』と、一九四七年九月の「フォーチューン」に掲載されたペン画による「名誉ある除隊」シリーズ。あのライオンに似た《寓意》に由来する怪物と再会できたのも幸運だったが、帰宅後、その余韻のさめやらぬうちにシャーンの画集や挿絵を担当している児童書などを引っ張り出していたら、*Kay-Kay comes home* と題された薄い一冊があらわれて私を驚かせた。図書館流れの古書としてベン・シャーンの挿絵があるショーレム・アレイヘムの本をまとめて買ったとき、お店のひとからおまけにもらった一冊なのだが、葱坊主みたいなモスクが描かれている表紙と挿絵だけを味わって本文のほうは遠慮したまま、いつのまにか存在じたいを忘れていたのだ。

作者のニコラス・サムスタッグのことも、タイトルの固有名の読み方がカイ＝カイなのかケイ＝ケイなのかも曖昧なままあらためて中を覗いてみると、カヴァー袖の紹介文のなかほどに、メリー・ゴー・ラウンドという文字が刻まれているではないか。あるときサムスタッグが、少年時代に聞いたというロシアのおとぎ話をシャーンに話したところ、シャーンはそれをいたく気に入って、原稿を持ってきてくれたら絵をつけると請け合った。こんなにはっきり鮮明に覚えているのだから、きっと原典があるはずだとサムスタッグは探しまわったのだが、どうしても特定できなかった。結局、自分で物語を書きあげてシャーンに渡したのだという。

ケイ＝ケイ（としておこう）は、本名イワン・ペトロヴィッチ。十一歳の少年だ。近隣の町にやってきた回転木馬のポスターに夢中になり、どうしても乗ってみたいと思うのだが、家は貧しくてそんなお金もなく、そうこうするうち会期も過ぎてポスターは雨ざらしになる。彼は友だちと遊びにも行かず家に閉じこもってあこがれの木馬を彫りはじめ、仕事を手伝って小遣いをためながら機会を待った。そんなある日、ケイ＝ケイは行商のブリキ職人と知り合う。職人に回転木馬への思いを話すと、ちょうどいまそのポスターの町でお祭りをしていて、木馬も来ているから連れて行ってやろうと誘われ、貯めたお金をぜんぶ持って馬車に乗り込んだ。ところが道中で寝入ってしまい、起きてみると、職人もお金も消えていた。

祭りは、たしかに開かれていた。あれほど夢見ていた木馬とも相まみえることができたのだが、一文無しだから乗ることはできない。「くるくる回る」馬たちをひたすら眺めるだけだ。祭りが終わり、怒りと絶望と疲れをひきずって帰途についたケイ＝ケイが、ちょうど道なかばに達したときのことだった。とつぜん、どこからともなくみごとな馬たちがあらわれ、凱旋パレードさながら彼を家の近くまで乗せていってくれたのである。

シャーンは、少年の顔を、町の様子を、木馬のポスターを、祭りの様子を力づよく流れるようにとらえて、その勢いを一挙に木馬たちの輪舞に注ぎ込む。少年を救った馬たちの正体は、この種の魔法に慣れた読者なら容易に想像できるだろうからあえて言わずにおくけれど、彼がつたないなりに彫っていた像が生きものではなく車や飛行機だったら、とてもこんな結末にはならなかっただろう。心が通わなければ、奇蹟は起きない。そしてその心は、純粋無垢な少年のものでなければならないのだ。

レンヌのベルナール・エスノー氏が回転木馬の焼失を嘆いたのは、「現代生活の暴力に汚染されていない」純粋無垢な、二、三歳の子どもたちを思ってのことだった。十一歳の少年とは開きがあるとはいえ、古いロシアの村が舞台で、木馬は電動ではないようだから、純度の釣り合いはとれているだろう。ただ、エスノー氏の木馬たちの話には、どうにも腑に落ちない結末が待ちかまえていた。事件が報じられ、悲劇が市民以外にもひろく知られるところとなってから約三カ月後、「ウエスト・フランス」の続報によれば、木馬焼失事件の調査団は、専門家の最終報告をもとに、放火ではなく事故の可能性が高いとの見解を発表したのである。エスノー氏にとっては寝耳に水だった。電源を落としてある施設から、だれもいない午前四時に火の手があがるなんて常識的に考えてもおかしい。ショートして火花が散るなら稼働中の昼間でなければならないはずなのに。

その後、広場には、息子の手で、より近代的な、しかし景観を損なうことのない回転木馬が手配された。火災保険による補償金額は四万五千ユーロ、新型の購入費用が七万五千ユーロ。調査のゆくえがどうなったのかは不明だが、差額の三万ユーロでついえた夢を取り戻すことができるのであれば、もうなにも言うべきことはない。

ブラック・インパルスのゆくえ

ここは低い土地でしてね、水も高きから低きに流れるというわけでどんどんこちらにむかってくるし、つい数年まえまでは、大雨のたびにこのあたりの道がぜんぶ滝川みたいになって参りましたよ、といちばん古株の住人があれこれ説明してくれたのは、なんと引っ越し当日、荷物の搬入をしている最中のことだった。とくに裏手の自転車置き場のあたりなんてほとんど池でしたもの、水道のポンプなんかが半地下にそろえてあるんですが、そこへの階段の降り口がコンクリートで妙なぐあいに囲ってあるでしょう？あれは、二度ほど浸水でやられたことがあるからなんです、ま、もうすっかり解決しましたけれどね。

いまさら「かつての」問題点を述べ立てられてもなあと閉口しつつさらに耳を傾けてみると、共用部分の最下部の通路にアスファルトのくぼみがあって雨水が溜まり、跳び越えるか迂回するかしかなかったのを、私が住人となる直前、あらたに排水溝を掘って槽に流れ込むようグレーチングで覆ったばかりなのだった。さらにまた、近隣でいちばん幅のひろい坂道の下にたまたま空いた貴重な土地を区が買い取って、突発的な濁流を一時的に受け入れる貯水槽を掘り、そのうえを公園にしてくれたので、よほどのことがないかぎりこちらに害は及ばないだろうと古株氏は付け加えた。

しかし現実はそうやさしくない。いざ暮らしはじめてみると、土地の低さに由来する現象は建物周辺のいたるところにあらわれた。最寄りの駅まで徒歩十五分、その間、ふたつの大通りの抜け道になっている幅広の坂道をたどっても、畑があり神社がありそれをとりまく鎮守の森があるひなびた小道をたどっても、往きはかならず急な上り坂になる。後者はかつてのあぜ道をそのまま生かしてアスファルトをかぶせただけだからやたらくねくねしていて、私のような方向音痴でなくとも現在位置が徐々につかめなくなる魔界に等しかった。タクシーなどはまちがっても入ってこないし、頼んだって最初から無理ですと断られるのが関の山だ。雨の日ともなればまさしくその関の山の斜面を、歩けないほどではないにせよふつうの靴だとやや心配なほどの勢いで雨水が流れ落ちて、歩くのは好きでも歩き方が下手な私の靴のなかは、不適切な温度で湯煎にかけたかのようにじっとりじわじわ、ぐつぐつふにゃふにゃして、魂までふぬけてしまう。

これほどの不都合があってもなお駅までの道筋を変えないのは、選択肢がそれしかないせいなのだが、じつはもうひとつ理由があって、ちょうどその不都合が生じるあたりにはっきりと体感できる心地よい空気の断層を発見したからである。わずかな高低差しかない小山の麓の、幅にして五メートルほどの水はけの悪い一帯が町内の寒暖を取り込む汽水域になっており、そこを抜けると季節によって体感温度が変わる。気温差のはげしい晴れた朝にはしばしば靄が発生し、白い幕のむこうにぼんやり緑が見えたりすると、里山にまぎれこんだようで肺のなかが澄んでくるのだけれど、気持ちよく歩いているつもりでも微妙な段差につまずいたり、ふいに出現する電柱に肩をぶつけたりするので、ただでさえ転び癖のある者には油断がならない。

靄が出るたびに接触する可能性のある電柱は三本。そのうち一本が、立派な塀で囲まれた大地主風のお屋敷をめぐる道路の角に立っていて、モータースポーツのテレビ観戦で培われた荒ぶる魂が私をして最高速の歩幅ギアでコーナーに飛び込ませ、しかもつねに最短のライン取りを強いるため、必然的に問題の電柱をめざすことになる。ただし、その危険区域は大気の質と体感温度を変える場所でもあるので、無事角をまわったあと十秒ほどそこで立ち止まり、頬に触れる空気がどれだけ微妙な変化を示すかをたしかめるようになっていった。

ある秋の夕べ、仕事帰りに小山のうえからその電柱と空気の分水嶺にむかって下りようとしたとき、北の空に、黒い幾何学模様とでもいうべき平らかな物体があらわれた。三角形なのか平行四辺形なのか扇型なのか、先頭の一点に引っ張られて自在にかたちを変化させながらその黒く薄っぺらい布はくるりくるりと向きを変え、時々まんなかあたりに引いた線を中心に、空の反対側へ折り紙のように自分自身を折って旋回をつづけている。レーダー網をかいくぐるというあのステルス戦闘機か、満月を背景にマントをひろげて飛んでいくバットマンにも似たその物体がどうやら鳥の大群であると認識できたのは、雨水が集まり空気が変わるいつものポイントまで下りてきたときのことで、しかもそこは、彼らがねぐらへむかうまえに使っている集合場所のほぼ真下にあたっていた。お屋敷の塀の内側から何本も空につきだした亭々たる欅の枝々を、鳥たちはみごとに覆い尽くし、異様な喧噪をつくりだしている。空を飛んでいるあいだの、あの羽ばたきさえ聞こえなかった沈黙の集団はどこへ行ったのだろう？　影が近づいてくるにつれて多少の鳴き声は響いていたはずだが、近くを走る幹線道路の騒音にかき消されていたのか、視界に入ってきてから樹上に落ち着くまで彼らはずっと音なしで飛んでいたのだった。それがとつぜん、葉の落ちた枝々に濃い灰色の羽毛の実をつけ、海鳥とも山鳥ともつかない殺気だった鳴き声で満たし、そしてこれがもっとも恐ろしいことだったが、地面が白く盛りあがるくらいたっぷりした糞を落としはじめたのである。

天井の高い駅や公共施設で鳩の糞にやられたことはあるけれど、それはあくまで少量の爆弾にすぎない。しかしその場で直面していたのは、短い間隔でべちゃばちゃ音がするくらいのかたまりがつぎつぎに降ってくる大空襲なのだった。雷雨のまえぶれの、大粒の雨が降り出すときのリズムにそれはよく似ていて、あまりのことにおそれをなした私は左右に揺れるあやういフットワークであんなに大切に思っていた空気の断層からいちもくさんに逃げ去り、以降、夕刻にそこを通るのは極力避けて、かわりに先の、空飛ぶ黒い絨毯の出現を自宅のベランダから観察するようになった。

空を舞う黒い影の動きは、はやくもその年の冬に顕著になってきた。午後四時あたり、徐々に陽が落ちて大通り沿いに点在する高層住宅の壁面が焼けるように赤く照り返るころ、東西南北あらゆる方向から百羽、二百羽の小編成部隊が「ブラック・インパルス」とでも呼びたくなるアクロバティックな方向転換を繰り返しつつべつの部隊と合流し、どんどん大きくふくらんでいく。彼らは毎日ほぼ決まった時刻に姿をあらわし、小山を南東から北西に横切っていちばん低い場所にあるお屋敷をめざすのだが、保護樹木に指定されている巨木が近づいてくる空の一点、それも毎回正確におなじ一点で群れは扇形に展開し、ぐいと左に旋回する。機械仕掛けで動いているのではないかと疑いたくなるほどの反応で、何羽いるのだか見当もつかない大群がしなやかな羽毛フラップを下げて速度を落とし、大樹の手前で見えない壁にぶつかったように飛び散り、ばらける。騒がしい声が周囲にひろがるのは、その瞬間からだ。

糞の落下はさすがに遠くて、わが家のベランダからは確認できない。見えない糞の雨にあの空気層が汚されていくのは我慢ならないところだが、夕空で披露される飛行部隊の不気味な美しさと迫力には、それを帳消しにするほどの魅力があった。鳥たちは、しばしば並行して飛んでいる雀よりずっと大柄で、上空ではお腹に白い毛がのぞき、光の加減かどうか黄色く光る部分もある。しかし私の視力で認識できる細部はその程度で、彼らの姿はつねに一羽ずつではなく一枚の巨大な絨毯として目に焼きついたのだった。

翌年の秋、ふたたび同様の光景が繰り返されて感嘆したのを機に、私は鳥類関係の書籍をあれこれ手に取って、彼らの正体を探ってみることにした。内田清之助の『渡り鳥』に出会ったのは、その折のことだ。昭和十六年、きな臭い時代に岩波書店が出していた「少國民のために」という叢書の一冊で、たまたま同叢書に収められている中谷宇吉郎の『寒い國』を所持していたものだから、判型と背表紙には既視感があった。カヴァーのない本体のみのものだが、硬い表紙に一枚の写真が押しで印刷されていて、それがベランダから見える鳥たちの影と瓜ふたつだったのである。口絵にも電線のはるか上空を雲霞のごとく群れ飛ぶ鳥たちの写真が添えられ、「コムクドリの秋の渡り」と説明が入っていた。『渡り鳥』は、専門的な『鳥學講話』（大日本出版株式会社、昭和十七年）や、より一般的な『鳥』（創元叢書、昭和十七年）と比べても遜色のない作品で、「少國民」の文字さえなければと悔やまれる美しい造本である。その「序」で、鳥博士は言う。

多くの鳥は或る時期にやつて來て或る時期に去つてゆく。彼らはなぜそんなことをするのであらうか。それに答へようとするのがこの本の企てである。しかし實はその答へはいまのところ、まだ完全ではない。鳥は私たちに自分のことを話してくれないばかりでなく、彼らは私たちからのがれようとさへしてゐる。それにもかゝはらず私はあへてこの本を書いた。

少年向けの本だから記述や言葉づかいをやさしくしたのかと思いきや、じつはそうではなく、科学的な正確さを期そうとするあまり小むずかしい言い方に流れそうになったところを、「森鷗外先生のお子さんの小堀杏奴さんといふ大變によい協力者」が「原稿を通讀し、上品に書き直して下さつた」のだという。それどころか「興味のある話を方々へ入れたり、或ひは話の順序を入れかへ」てよりわかりやすく改編してくださったと鳥博士は正直に認めていて、その記述にコムクドリの写真と関係なく私は胸を打たれた。

明治十七年、銀座に生まれた都会人にして、留学帰りの漱石に英語を教わり文芸にも親しんでいる人物の台詞としては、しかし腑に落ちないところもある。本篇はどうあれ、右に引用した「序」は、まちがいなく自分の手で書いているのだ。筆力のない者の口から、「鳥は私たちに自分のことを話してくれないばかりでなく、彼らは私たちからのがれようとさへしてゐる」などという澄んだ言葉が出てくるわけがないし、この本にかぎって小堀杏奴の朱がどの程度入っているのかは不詳だけれど、『渡り鳥』の文章はその後にまとめられていく数冊の随想集のものと、さほどかけ離れてはいない。わかりやすく滑らかな言葉の運びが、子どもにとってつねに魅力的かといえば、かならずしもそうではないだろう。私は著者があえて回避した専門用語をむしろ惜しむほうの人間だ。『渡り鳥』の末尾は、危険をおかして長距離飛行に挑戦する鳥たちの苦難の物語で締めくくられているのだが、暴風雨のなかで力尽きたり、航路を大きくはずれたり、通り道で待ち伏せしている外敵に襲われたりと、博士はさまざまな事例を挙げたあと、最後に思いがけない悲劇の舞台を紹介している。灯台、である。

燈臺に突きあたつて渡り鳥が死ぬことは、世界中澤山に例がある。これは夜間、渡りをする鳥が燈臺の光にまどはされて、それに激しく突きあたり慘死《ざんし》するのである。このことで最も有名なのは獨逸の北にあるヘリーゴーランドといふ島の燈臺である。此處はヨーロッパ西海岸での渡りの路に當つてゐるため、非常に澤山の渡り鳥がそこへやつて來るのである。この島に五十年もの永い間住んでゐて、渡り鳥の觀察研究をしてゐるゲッケといふ人の話であるが、こゝで一晩に一萬五千羽の雲雀《ひばり》が燈臺に衝突して死んだことがあるといふ。

濃霧のなかで進むべき路を知らせ、ときには人の命を救ってくれる灯台の光が、渡り鳥たちにとっては命取りになるという矛盾。『鳥學講話』では、該当箇所が以下のようにまとめられている。

又一寸人の氣付かないことであるが、電柱、電線及び燈臺等が意外に鳥に害を與へるものであつて、特に霧の深い時分に燈臺に衝き當つて斃死する鳥の數は中々多いものである。其の最も著しい實例は一八六九年十一月六日、獨逸の北部海岸にあるヘリゴーランド島の燈臺で起つた事實で、一夜に約一萬五千羽の雲雀が斃死したさうである。

ドイツの灯台守の名が付されているぶん、前者では物語的な要素が感じられて親しみやすいとは言えるかもしれない。そこでは、後者でごくあたりまえのように用いられている「斃死」、すなわちのたれ死にを意味する重々しい言葉が、子どもたちのことを思ってだろう、慎重に排除されている。一晩で一万五千羽の鳥の死。灯台守ゲッケ氏にとって、それは感想など抱きようもなく、立ち会っている自分が斃死するほど衝撃的な光景だったにちがいない。雲雀が飛ぶといえば、むかし学校で習った「うらうらに照れる春日にひばりあがり心かなしも独りし思へば」という大伴家持の歌が思い出されるけれど、悲しいのは家持ではなくて、北の国の、暖地へ移らざるをえない雲雀たちのほうなのだ。

しかし、この画数が多いばかりでなく「死」をすでに内包している漢字「斃」が、さらにもうひとつ「死」を従えて成り立つ「斃死」という二重に息苦しい言葉を持ち出すと、鳥たちが空で見せる軽やかさがいっそう生々しく迫ってくる。日本各地の灯台でもおびただしい数の鳥たちが斃死しており、『鳥學講話』はこれら「燈臺斃死鳥」に言及しながら、不幸にも命を落とした鳥たちを蒐集、分類することで「渡り」の実態研究に役立てるのだといわば学術的な供養を説き、「三十ケ所の燈臺より三ケ年間に得たるもの」として、灯台斃死鳥と、斃死鳥を出した灯台の、ながいリストを掲げている。

「ヲーストンウミツバメ、ヒメクロウミツバメ、ハイイロウミツバメ、オホミヅナギドリ、ミゾゴヰ、ササゴヰ、ヨシゴヰ、オホヨシゴヰ、ヱツサイ、チヨウゲンボウ、ミフウヅラ、テウセンミフウヅラ、ヒメクヒナ、クヒナ、バン、キヤウジヤウシギ、ムナグロ……」

書物のなかの共同墓地。もちろんムクドリとコムクドリの名もある。この本が刊行された時代を思うと、冷たくなった鳥たちの列挙の背後に、はっきりとは口にできない著者の訴えをあえて深読みしたくなってくる。秋冬の空気に頬を切られながら私が見あげていた椋鳥たちにも、こんな受難が待ち受けているのだろうか。『鳥學講話』の時代にはもう、同種の事故を防ぐために灯台のレンズの部分に止まり木をつけたり、存在をよりはやく知らしめるために塔本体に電灯をつけたりしている諸外国の成果も伝えられていたようなので、現在ではより安全な渡りのできる工夫がなされているにちがいない。

雨水の集まる海のごとき場所に立つ数本の巨大な樹木が、霧や朝靄に飲まれて一時的に姿を消し、鳥たちの群れが幹にぶつかってはじき飛ばされるようなことは、おそらくないだろう。自然の灯台にはいつでも身体をあずけられる立派な枝々があるのだし、ずっと低い位置には貧相ながら街灯も立っているので、むしろ大雨の夜、びしょぬれになった靴が脱げないよう下ばかり見ていて、あるいは靄の立ちこめる朝、不用意に直進してしまって角の電柱にぶつかりかねないおのれのことを心配するべきなのだ。自分ひとりの失態によって電柱斃死なる言葉が生まれたりしないよう、きびしく危険な日々の「渡り」を、これからも湯煎のようにながくしぶとくつづけていきたいと私は思うのである。

正しい崩れのまえで――文庫版のためのあとがき

本書の親本『バン・マリーへの手紙』が岩波書店から刊行されたのは、二〇〇七年のことである。初出は「図書」で、二十四篇は二〇〇四年七月号から二〇〇六年六月号までの二年間、連載として発表され、もう一篇はそれらの露払いとして、二〇〇四年四月号に掲載されている。

連載がはじまったとき、私は四十代に入ったばかりだったが、当時もいまも、心にとどまったり消えていったりする言葉の源は、紙媒体にあるらしい。十年前と比較にならないほど進化した電子の情報には恩恵をこうむってはいるけれど、明確な解の探究を目的としない夢想の糸口は、書物のみならず古新聞の切り抜きなどもふくめた印刷物に、つまり、一定の時間寝かされて、完全な遅れを前提とした言葉のほうにある。この遅れが、欠けている部分への好奇心と、好奇心をいつまでも保ちつづける日々を育て、思い込みや記憶の誤り、あるいは意図しない歪曲を近しいものに変えていく。欠落を欠落と見なさず、「キリンの首に櫛を当てる」ような空しい愛の反復を通して言葉を引きつけ、放り投げ、拾いあげることが重要で、無為も濃度を高くしてやれば、なにかを前に進める力になる。湯煎もそうした実践的処方のひとつだ。

十年以上湯煎にかけられた言葉を、いま、鍋から取り出してみると、熱くもぬるくもない温度で深く火が通って、口当たりがよくなっている気もしないではない。けれど、あちこちに、妙に固いなにかが残っている。いや、じっさいにはそんな塊があるわけではない。あるはずのない固い言葉の芯をこちらから望みたくなるような、どこか切羽詰まった瞬間がときおりあらわれるのだ。あのころ、私が無意識のうちに求めていたのは、湯煎された日々を身体に染み込ませたうえで、たっぷり時間をかけてもついに熱の通りきらなかったしこりのようなものだったのかもしれない。

幸田文の「崩れ」につよく惹かれていたのも、おそらくそのためだろう。おのれの利益のためにまわりの言葉を平気で崩し、取り返しのつかない崩落を招いても平然としている空気がすでに日常化しつつあった当時、それにあらがうには、彼女が毅然と示してくれた「正しい崩れ」を学ぶしかなかった。しかし、その後、世の中はほんとうの「崩れ」の意味を理解せず、目先の利益を追う更新のみを推し進め、あげくの果てに巨大な湯煎鍋の底を溶かしてしまった。バン・マリーがおだやかでゆるやかな日常をもたらす持続と均衡の場であると同時に、使い方を知らない者にとっては大きな危険をともなう装置にもなりうることが、人為の無残絵に描かれたのである。

とはいえ、湯煎が無効になったわけではない。言葉や精神の湯煎は、効果や効率と関係のないところでなされるもので、有効だの無効だのといった概念とは無縁である。だからこそ、生産性を度外視して、いつまでも湯に浸していられるのだ。他者のために、あとから来る人のために、未来のために身体の奥の塊を、愚直に、着実に更新していくこと。「正しい崩れ」のあとにだけあらわれる、厳しくやさしい塊のありかを、流れのなかで見きわめること。なにもつかめない状態でいるよりも、湯煎を持続して、不吉な塊の大きさを自分の手でつねに確認できたほうがいいにきまっている。おそらく私は、これから先も「正しい崩れ」を学ぶために、不吉な塊をもとめてときおり火の通った言葉をひろいあげ、まだ見ぬ幻のバン・マリーにながい手紙をしたためるだろう。彼女からの返信がないことをけっして歎かず、崩す者たちの圧をおしとどめうる遅効性の言葉を、じみちに蓄えていくだろう。

今回の文庫化にあっては、時間の経過を刻むため、時事的な記述のうち内容にかかわりの深い追加情報については註の形で示すことにし、親本の表記を現在の「良き慣用」

にあわせつつ、誤記をただしした。元版への愛情と感謝はそのままに、あたらしい鍋に移した言葉の変成の過程を、これから謙虚に観察していくことにしたい。

二〇一七年二月

『バン・マリーへの手紙』二〇〇七年五月　岩波書店刊

中公文庫

バン・マリーへの手紙《てがみ》

2017年3月25日　初版発行

著　者　堀《ほり》江《え》 敏《とし》幸《ゆき》

発行者　大橋 善光

発行所　中央公論新社
〒100-8152　東京都千代田区大手町1-7-1
電話　販売 03-5299-1730　編集 03-5299-1890
URL http://www.chuko.co.jp/

DTP　ハンズ・ミケ
印　刷　精興社（本文）
三晃印刷（カバー）
製　本　小泉製本

Published by CHUOKORON-SHINSHA, INC.
Printed in Japan　ISBN978-4-12-206375-4 C1195

中公文庫で読む　堀江敏幸の本

正弦曲線

サイン、コサイン、タンジェント。この秘密の呪文で始動する、規則正しい波形のように——暮らしはめぐる。思いもめぐる。第61回読売文学賞受賞作。

ゼラニウム

彼女と私の間を、親しみと哀しみを湛えて、清らかな水が流れていく——。異国に暮らした男と個性的で印象深い女たちの物語。ほのかな官能とユーモアを湛えた珠玉の短篇集。

回送電車

評論とエッセイ、小説。その「はざま」にある何かを求め、文学の諸領域を軽やかに横断する——著者の本領が発揮された、軽やかでゆるやかな散文集。

一階でも二階でもない夜　回送電車II

須賀敦子ら7人のポルトレ、10年ぶりのフランス長期滞在で感じたこと、なにげない日常のなかに見出した秘蹟の数々……54篇の散文に独自の世界が立ち上がる。

〈解説〉竹西寛子

アイロンと朝の詩人　回送電車Ⅲ

一本のスラックスが、やわらかい平均台になって彼女を呼んでいた――。ぐいぐいと、そしてゆっくりと、読み手を誘う四十九篇。好評「回送電車」シリーズ第三弾。

象が踏んでも　回送電車Ⅳ

一日一日を「緊張感のあるぼんやり」のなかで過ごしたい――異質な他者や、曖昧な時間が行きかう時空を泳ぐ、初の長篇詩と散文集。シリーズ第四弾。